빨강머리 앤이 보낸 편지

오늘을 기대하게 만드는 앤의 말 26

빨강머리 앤이 보낸 편지

ⓒ 조이스 박 2024

인쇄일 2024년 11월 27일
발행일 2024년 12월 4일

지은이 조이스 박
펴낸이 유경민 노종한
책임편집 구혜진
기획편집 유노라이프 권순범 구혜진
　　　　유노북스 이현정 조혜진 권혜지 정현석 **유노책주** 김세민 이지윤
기획마케팅 1팀 우현권 이상운 **2팀** 이선영 김승혜 최예은
디자인 남다희 홍진기 허정수
기획관리 차은영
펴낸곳 유노콘텐츠그룹 주식회사
법인등록번호 110111-8138128
주소 서울시 마포구 월드컵로20길 5, 4층
전화 02-323-7763 **팩스** 02-323-7764 **이메일** info@uknowbooks.com

ISBN 979-11-94357-06-3 (03800)

빨강머리 앤이 보낸 편지

조이스 박 지음

내 추억 속의
앤을 떠올리며

Anne

일러두기

· 153~154쪽에 나오는 에이다 리몬의 〈우리 눈에 보이는 모습 그리고 우리가 쓰는 단어
들〉은 현재 저작권 처리를 진행 중입니다.
· 빨강머리 앤 시리즈는 통틀어 ◇로, 각 권의 책 이름은 〈〉로 표시했습니다.

세상을 앤처럼
바라보는 방법

이 나이 먹도록 나도 모르겠는 내 마음에 괴로울 때, "내 속에는 앤이 너무 많아. 그래서 내가 그렇게나 말썽을 피우는지 모르겠다는 생각을 이따금 해"라는 말이 떠오른다. 가진 것을 화려하게 내보이며 자랑하는 세상을 보며 나도 무언가를 가진 것 같고 이룬 것 같은데 여전히 허탈할 때, "너무도 원하는 것들을 정작 얻으니까 생각했던 것에 반만큼도 멋지지 않아요"라는 말이 떠오른다. 바로 어린 시절 공감하며 좋아했던 빨강머리 앤의 말이다.

아무리 나이를 먹어도 누구나 내면에 아이 한 명 정도는 품고 사는 법이다. 어린 시절 좋아했던 앤을 불러오면 이 아이도 앤과 같이 다채로운 표정을 입고, 다양한 감정을 받아들이고 표현하며 함께 자란다. 앤이 우리에게 편지를 보낸다는 의미는 바로 여기에 있다. 바로 우리 내면의 아이에게 말을 걸어 우리가 잊었던 기억을 되살려 주고 다시 현재를 담뿍 느끼게 만들어 준다.

오늘을 기대하게 만드는
앤의 능력

어른이 되어 가며 사는 방법이 점점 달라진다. 미래에 대한 염려와 불안에 현재를 담보 잡혀 살거나, 과거에 대한 후회로 현재를 놓치는 경우가 많다. 점점 지금 내가 여기에 살아 있다는 느낌을 잃어버린다. 정작 어제는 지나갔고 내일은 아직 오지 않았는데도 과거와 미래에 밀려 현재를 있는 그대로 느끼는 법을 잊어버린다.

명상 쪽에서는 인간의 많은 불행이 '지금, 이 순간 여기'에서 현재를 감각하고 인지하고 느끼는 '현존'을 잃어버렸기 때문이라고 말한다. 그래서 명상을 통해 궁극적으로 현존에 도달하고자 한다. 현재를 충실하게 사는 감각을 되찾으면 인간은 살아가는 기쁨을 되찾을 수 있다고 한다.

빨강머리 앤이 보낸 편지

어른이 되어서 보는 빨강머리 앤의 가장 큰 장점은 현재를 온전한 스펙트럼으로 다 느끼고 누린다는 점이다. 고통과 슬픔뿐만 아니라 기쁨과 행복도 한껏 느낀다.

메이플라워 같은 작은 꽃 하나를 특별하고 소중하게 여기고, 매일 학교까지 걸어가는 길을 따라 늘어선 나무와 풀과 꽃을 하나하나 눈에 담고, 불어오는 바람을 온 피부로 느끼고, 얼음 속에서 졸졸졸 흐르는 냇물 소리도 시냇물의 노래로 듣는다. 너무도 친숙해서 무심결에 휙 넘기기 쉬운 풍경을 하나하나 일일이 살펴보고 포착해서 이름을 불러 주는 이 모습이야말로 현재를 한껏 사는 모습이다.

너무 많은 것을 보고, 너무 많은 정보를 접하고, 너무 많은 것을 읽은 어른의 마음을 내려놓고, 아직도 세상의 모든 것이 새롭고 신선한 아이의 눈, 앤과 같은 눈을 찾으면 우리는 현재를 제대로 살 수 있다.

앤같이 살면 된다. 어른이 되어서 여전히 아이 같은 모습을 유지하는 길은 내면의 아이를 앤으로 만드는 데 있다. 이 아이가 앤이 되면 내면의 아이는 창밖 풍경에 한껏 기뻐하고, 실패해도 추스리고, 화가 나도 용납하면서 다채로운 모습으로 살 수 있다. 내면의 아이를 이렇게 풀어 주면 나는 내게 너그러운 사람이 될 수 있다. 나에게 좋은 사람이 되어야 남에게도 좋은 사람이 된다. 앤이 보낸 편지를 읽으며 그 여정을 시작해 보자.

이번에 앤을 만나면서 〈초록지붕집의 앤〉뿐만 아니라 그 이후의 후속편 일곱 권을 더 읽었다. 〈에이번리의 앤〉과 〈레드먼드의 앤〉은 이전에도 읽은 적 있었지만, 〈바람 부는 포플러나무 집의 앤〉, 〈앤의 꿈의 집〉, 〈잉글사이드의 앤〉, 〈무지개 계곡〉, 〈잉글사이드의 릴라〉까지 총 여덟 권에, 루시 모드 몽고메리의 전기인 《하우스 오브 드림》까지 읽었다. 작고 볼품없던 고아 소녀가 빛나는 눈을 가진 대학생을 거쳐 여섯 아이의 엄마가 되기까지 앤의 삶을 따라가는 길은 내 내면의 아이도 한 뼘씩 커 가는 여정이었다.

우리 모두의 내면의 아이도 한 가지 표정에서 벗어나 다양한 표정을 짓기를, 그래서 울고 웃고 화내고 뛰놀고, 알고 싶은 게 많은 앤 같은 아이로 마음속에서 살아가기를 바라는 마음으로 이 책을 썼다. 이 책을 읽는 분들도 내가 앤에게 받은 귀한 편지 같은 메시지를 받아 보기를, 앤의 삶의 여정을 따라 내면의 아이와 자라는 여정을 함께 하기를 빈다.

마지막으로 앤 시리즈 전집을 읽는 여정을 함께해 주신 조이스 북클럽 멤버들, 김미나 님, 김소정 님, 남소영 님, 신혜성 님, 안수진 님, 우선영 님, 유근영 님, 윤혜경 님, 이현경 님, 임숙연 님, 임현진 님, 채경진 님, 황윤정 님께 이 책을 바친다.

What else but reading?

조이스 박

《빨강머리 앤》 시리즈 미리 알기

《빨강머리 앤》 시리즈는 1권 〈초록지붕집의 앤〉으로 가장 유명하지만, 여러 권의 후속작이 존재하고 영화, 드라마, 애니메이션 등 여러 버전으로 각색되어 오랫동안 사랑받아 왔다.

20세기 초반에 이 책이 사랑받았던 이유는 자신의 감정을 자유롭게 표현하는 당찬 여자아이의 모습이 그려졌기 때문이다. 그것도 풍요로운 '정상 가족'에서 자라 세상이 무서운 줄 모르고 느끼는 대로 말하는 철없는 자유가 아니라, '세상에서 가장 홀대받는 작은 인간의 조각' 같은 아이가 용기 있게 자신의 감정을 자유롭게 표현하는 모습이었다.

지금도 사람들은 알고 있다. 가장 작고 나약한 존재를 홀대하는 사회는 사람이 살 만한 사회가 아니라는 사실을, 그 사회에 희망은 없다는 사실을. 그래서 사회에서 가장 변방에 있는 고아 소녀가 자기 몫의 삶에 있는 힘껏 부딪히며 살아가는 모습을 보면 이에 끌리지 않을 수 없다.

우리는 앤을 보며 세상의 작은 소리를 듣는 법을 배운다. 귀 기울이고 함께 느낄 때 작은 존재가 자라 넓은 품을 가진 어른으로 크는 모습을 본다. 어린 앤뿐만 아니라 어른이 된 앤도 살펴봐야 하는 이유이기도 하다.

〈초록지붕집의 앤〉부터 〈잉글사이드의 릴라〉까지

《빨강머리 앤》은 1952년 무라오카 하나코가 번역한 일본 번역판 《아카게 노 안(赤毛のアン)》을 시작으로 유명해졌다. 이후 1962년 신지식 소설가가 일본어판 중역으로 이 작품을 한국에 처음 선보였다. 이 작품의 원제는 〈초록지붕집의 앤(Anne of Green Gables)〉으로, 여기서 'Gables'의 뜻은 '지붕'이 아니라 지붕에 따로 솟은 작은 지붕 모양의 '박공'이지만, 한국어로는 잘 쓰이지 않는 표현이라 지붕으로 번역되었다.

이어서 앤이 퀸즈 아카데미를 졸업한 후 에이번리 학교 선생님으로 생활하는 모습을 그린 〈에이번리의 앤〉, 앤이 레드먼드 대학을 다니던 시절을 그린 〈레드먼드의 앤〉, 앤이 서머사이드에서 교장 선생님을 지낸 3년을 그린 〈바람 부는 포플러나무집의 앤〉, 의사가 된 길버트를 따라 포윈즈로 가서 신혼생활을 하는 앤을 그린 〈앤의 꿈의 집〉, 길버트를 따라 시내 중심부로 이사가 잉글사이드 저택에서 여섯 아이를 낳아 기르는 모습을 그린 〈잉글사이드의 앤〉, 앤의 여섯 아이들과 옆 목사관 아이들의 삶을 주로 그린 〈무지개 계곡〉, 1차세계대전 와중의 삶을 앤의 막내딸 릴라를 주인공으로 그린 〈잉글사이드의 릴라〉 등이 있다.

한국에서는 주로 여기까지 전집으로 번역되어 있고, 그 외 잉글사이드 시절 이웃들의 이야기를 그린 단편 모음집으로 2009년 출간된 〈The Blythes Are Quoted〉, 〈에이번리 연대기〉 정도의 작품이 더 존재한다.

또한 앤과 관련된 여러 작품들, 다른 작가들이 상상력을 동원해 쓴 작품들이 존재한다. 그중 버지 윌슨이 쓴 빨강머리 앤의 프리퀄, 그러니까 초록지붕집으로 오기 전의 앤의 삶을 그린 〈안녕, 앤〉은 루시 모드 몽고메리 협회와 캐나다 정부가 앤 시리즈로 공인한 작품이고, 일본에서는 2009년 〈안녕, 앤〉이라는 제목의 애니메이션으로 만들어지기까지 했다.

이 책에서 다룰 앤 시리즈는 앤의 어린 시절을 다룬 〈초록지붕집의 앤〉부터 앤이 자식을 낳고, 자식들 중 한 명이 주인공이 되는 〈잉글사이드의 릴라〉까지로, 우리의 추억 속 앤의 모습부터 중년의 앤까지 함께 다룬다.

책에 나온《빨강머리 앤 시리즈》를 표료 정리해 보았다. 책을 읽는 데 도움이 될 것이다.

	책 제목	출간 시기	앤의 나이
1	초록지붕집의 앤	1908	11~16
2	에이번리의 앤	1909	16~18
3	레드먼드의 앤	1915	18~22
4	바람 부는 포플러나무집의 앤	1936	22~25
5	앤의 꿈의 집	1917	25~27
6	잉글사이드의 앤	1939	34~40
7	무지개 계곡	1919	41~43
8	잉글사이드의 릴라	1921	49~53

《빨강머리 앤》의
주요 등장인물

1. <초록지붕집의 앤>

앤 셜리   책의 주인공이자 커스버트 남매에게 입양
                  된 빨강머리 고아 소녀.

매슈 커스버트   에이번리에서 농장을 하며 사는 커슈버트
                  남매 중 오빠.

마릴라 커스버트   커슈버트 남매 중 동생, 오빠와 마찬가지
                  로 독신.

다이애나 배리   앤 셜리의 단짝 친구.

길버트 블라이스   에이번리 학교에 같이 다니는 남학생, 앤
                  을 놀린 후 말도 하지 않는 사이.

레이첼 린드   마릴라의 친구인 동네 아주머니.

2. <에이번리의 앤>

데비비와 도라 남매 엄마가 돌아가시고 아버지는 멀리 떠나 있
                   어서 마릴라와 앤이 양육을 맡은 쌍둥이
                   남매. 데이비가 특히 온갖 말썽을 부린다.

폴 어빙   엄마가 돌아가시고 아버지가 멀리 떠나 있

빨강머리 앤이 보낸 편지

어서 할머니와 둘이 사는 앤의 학생. 꿈과
환상을 좋아하는 아이라 앤과 깊은 교류를
나눈다.

라벤더 스티븐 어빙의 청혼을 거절한 후 수십 년
동안 혼자 살고 있는 여성.

3. 〈레드먼드의 앤〉

필리파 부유한 상류층 출신의 앤의 대학 친구로
앤과 같은 집에서 지내는 절친.

제임시나 아주머니 앤과 친구들이 사는 집의 살림을 맡아준
아주머니.

로이 가드너 앤에게 청혼한 부잣집 청년.

4. 〈바람 부는 포플러나무집의 앤〉

레베카 듀 앤이 하숙하는 '바람 부는 포플러나무집'의
살림을 맡고 있는 여성.

리틀 엘리자베스 엄마가 돌아가시고 아버지는 멀리 떠나 있
어서 엄격한 할머니와 사는 이웃집 아가씨.

캐서린 브룩 앤이 교장으로 일하는 고등학교의 부교장.

5. 〈앤의 꿈의 집〉

짐 선장	앤의 집 근처 등대의 등대지기. 한때 선장이었으나 은퇴하고 등대지기로 살아가고 있다.
레슬리 무어	사고로 지능이 낮아진 남편을 돌보며 혼자 생계를 감당하며 살아가는 아름다운 여인.
코넬리아	앤의 이웃으로 독설가이고 남자를 싫어하는 독신 중년 여성. 온 동네 곤궁한 이들을 도우며 산다.

6. 〈잉글사이드의 앤〉

앤의 여섯 아이	젬, 낸과 다이 쌍둥이, 월터, 셜리, 릴라.
수잔 베이커	꿈의 집 시절부터 앤의 집 살림을 도맡아 해 준 여성.

7. 〈무지개 계곡〉

목사관 아이들	제리, 페이스, 우나, 칼 메레디스.
로즈메리	메레디스 목사와 결혼하는 독신 여성.
매리 반스	학대받으며 일하다 도망친 고아 아이, 목

사관 아이들의 도움을 받아 어른들이 알게
되고 결국 결혼한 코넬리아 집에 몸을 의
탁한다.

8. 〈잉글사이드의 릴라〉

케네스   레슬리와 오웬 사이에서 태어난 아들. 릴
                라와 서로 좋아하는 사이.

거투르드 올리버   앤의 집에 사는 학교 선생님. 릴라의 친구
                가 되어 준다.

각색된
《빨강머리 앤》 작품들

우리에게 가장 잘 알려진 앤 시리즈의 영화는 아마 미야자키
하야오의 일본 만화영화 버전일 것이다. 1979년에 〈아카게 노
안(赤毛のアン)〉이라는 제목으로 방영되었다. 한국에서 이 만화
영화는 1989년에 KBS2 TV에서 한 번, 2008년에 EBS에서 한
번 방영되었다. 만화영화에서 앤이 석판으로 길버트의 머리를
내려치는 장면이 가장 유명한데, 아마 소녀도 화를 공공연하게
표출할 수 있다는 대리 만족 때문이지 않을까 싶다.

정작 캐나다에서 가장 유명한 영화는 1985년 네 편의 영화로 만들어진 텔레비전 영화 버전이다. 앤 셜리 역을 맡은 메간 팔로우즈는 가히 국민 여동생 정도의 사랑을 받고 있다. 이 영화의 여러 장면은 유튜브에서 찾아볼 수 있는데, 아날로그 영화의 정취를 가득 느낄 수 있고, 당시 시대상과 분위기 그리고 프린스 에드워드 섬의 자연도 생생하게 극화되어 있다.

다음으로 유명한 작품은, 넷플릭스의 〈Anne with an E〉이다. 이 작품은 2017년부터 2019년까지 시즌 3까지 방영되면서, 다시 한번 빨강머리 앤의 인기에 불을 붙였다. 이 드라마는 어릴 적 미야자키 하야오의 〈빨강머리 앤〉을 보고 자란 엄마들이 드라마를 통해 앤을 처음 만나는 딸들과 앤을 공유하는 기쁨을 주었다는 점에서 큰 의미가 있다. 특히 앤 역을 맡은 에이미베스 맥널티는 소설 속 앤과 싱크로율이 가장 높다는 평을 들었다. 다만 너무도 많이 그리고 빨리 말을 하는 사실적인 앤을 보니, 앤이 ADHD가 아니냐는 생각도 드는데, 실제 앤은 ADHD라고 말하는 논문도 찾아볼 수 있다.

앤과 관련해서 빠뜨릴 수 없는 작품은 바로 〈빨강머리 앤〉 뮤지컬이다. 이 작품은 1965년에 각색되어 프린스 에드워드 섬의 주도, 샬럿타운에서 막을 올린 후 2019년까지 매년 공연

했고, 코로나로 2020년과 2021년 공연이 취소된 후 2022년 이후부터는 2년에 한 번 공연되고 있다. 이 공연은 기네스북에 세계 최장기 연례 뮤지컬로 등재되기도 했다. 프린스 에드워드 섬에 방문할 계획이 있는 이들이라면, 이 뮤지컬도 꼭 한번 보면 좋겠다.

앤이 보낸
첫 번째 편지

나는 내 자신이 되기로
결심했어요

앤이 보낸
두 번째 편지

때로는 사랑을 받아들일 줄도 알아야 해요

앤이 보낸
세 번째 편지

인생은 정말
아름다운 모험이에요

앤이 보낸
네 번째 편지

사실은 앤이
진짜 전하고 싶은 말

나는
내 자신이 되기로
결심했어요

… 내 속에는 앤이 너무 많아. 그래서 내가 그렇게나 말썽을 피우는지 모르겠다는 생각도 이따금 해. 앤이 한 명밖에 없으면 훨씬 더 편하게 살지도 모르겠어. 하지만 그렇다면 사는 게 그 반만큼도 흥미롭지 않을 거야.

제비꽃이 핀 길을 걸으며,

앤이 다이애나에게

〈초록지붕집의 앤〉 20장

빨강머리 앤이 보낸 편지

내 속엔
내가
너무 많아

내 속에 여러 명의 내가 있다는 말은 자아가 꽤나 발달해야할 수 있는 말이다. 이 정도의 자아 인식은 굉장히 성숙한 인식이다. 내 속에 내가 많다는 것을 알려면 스스로를 내려다볼 수있는 시선이 먼저 생겨야 가능하다. 이를 '자기 객관화'라고도한다. 자신을 스스로 내려다볼 수 있어야, 비로소 자기 안에 여러 명의 자기가 있다는 것을 알 수 있다.

앤은 자신을 내려다본다. 자신의 여러 얼굴을 본다. 외로워견딜 수 없어서 장식장 유리에 비친 자기 모습을 '케이티 모스'라 부르던 자신, 말을 걸어 주는 친구가 너무도 그리워서 계곡에 소리치고 돌아오는 자기 목소리의 메아리를 '비올레타'라 부

르던 자신, 황량한 고아원에서 아름다운 귀족 아가씨 '코델리아'
가 된 자신을 그대로 받아들인다. 그래서 말썽을 많이 피우는
지도 모르겠다면 자기 자신을 있는 그대로 바라본다.

공감은
나를 마주할 때 시작된다

앤은 자신이 육아 도우미로 살았던 힘든 시절에 대해 그렇게
말한다. 쌍둥이를 세 쌍이나 돌봐야 해서 너무 힘들었다고. 하
지만 그 육아 경험으로 다이애나의 동생 미니메이가 아팠을 때
구할 수 있었다고 기뻐한다. 아기 하나를 돌보는 경험도 충분
히 힘든데, 아무리 주 양육자가 아니라고 해도 쌍둥이 세 쌍을
돌보는 경험은 아이에게는 지나치게 힘든 경험이다. 누군가를
원망하고 분노할 만한데, 앤은 과거 힘들었던 경험의 장점을 덤
덤하게 말한다.

우리는 공감을 중요한 가치로 여기고 있지만, 공감에 대해 크
게 두 가지를 놓치고 있는 것 같다. 첫 번째는 온전한 공감 능력
을 키우려면 그 이전에 차곡차곡 쌓아 올려야 하는 감정 발달
단계가 있다는 점, 두 번째는 서늘한 자기 인식, 즉 자기 객관화

가 없는 공감은 자기애의 확장에 불과하다는 점이다.

타인의 감정에 쉽게 물드는 성향을 가진 이들은 자신이 공감 능력이 뛰어나다고 자주 착각한다. 하지만 자기 객관화 없는 공감은 감정 전염일 뿐이다. 그런 점에서 어린 앤이 보이는 자기 객관화와 자기 인정과 포용은 진실로 타인에게 공감하는 발걸음을 내딛었다고 볼 수 있다.

내가 앤처럼 할 수 있을지 알아보는 방법 중 하나는, 바로 스스로에게 얼마나 관대할 수 있는지, 스스로를 대하는 태도를 보면 된다. 나의 과오를 인정하고 받아들이고 용서하는 사람이 타인도 있는 그대로 받아들이고 용서하고 껴안을 수 있다. 자신의 우주에 오로지 자신밖에 없는 사람, 자기 우주를 꽉 채운 자신 하나밖에 없는 사람은 타인의 우주로 건너갈 수 없다.

"내 속에 내가 너무 많아"라는 앤의 고백은 자신의 다양한 모습을 수용하는 태도다. 앤은 모든 자신의 모습을 따뜻히 안아준다. 앤은 어리고, 과거의 상처도 많지만, 이렇게 자신을 마주하는 한 타인의 우주로 건너가는 사람으로 클 것이다. 아마 앤은 여러 얼굴로 사는 삶이 더욱 흥미롭다는 사실을 알고 있는 게 아닐까.

… 마릴라, 내일은 아직 아무런 실수도 하지 않은 새로운 날이라고 생각하면 정말 멋지지 않나요?

케이크에 진통제를 넣는 실수를 한 저녁에,
앤이 마릴라에게

<초록지붕집의 앤> 21장

빨강머리 앤이 보낸 편지

행복을
선택하는
능력

수많은 실수를 저지르면서 커 가는 앤이 내일을 바라보는 태도는 그야말로 기특하다. 아무리 많은 실수를 해도 내일은 새로운 날이고 매일 새롭게 출발할 수 있다고 생각하는 태도는 행복해지는 재능이 아닐 수 없다. 마릴라는 앤이 여전히 많은 실수를 할 거라고 반박하지만, 앤은 그래도 똑같은 실수를 두 번 하지 않는다고 항변한다.

우리는 누구나 실수를 하고 산다. 그래서 사람을 대할 때 실수를 어느 정도 용납해 주는 일이 필요하다는 것을 누구나 안다. 하지만 정작 사람들이 종종 놓치는 지점은, 자기 자신의 실수도 용납하고 받아 줘야 한다는 점이다.

앤은 자신의 실수를 인정하고, 같은 실수를 반복하지 않는 한 괜찮다고 자신을 포용할 줄 안다. 이것은 정말 놀라운 능력이다. 스스로에게 너그럽기란 생각보다 쉽지 않기 때문이다.

마릴라를 보면 알 수 있듯이, 보통 상대방에게 엄격한 사람은 자기 자신에게도 매우 엄격한 법이다. 마릴라는 아마 스스로에게 너그러운 앤을 보며 놀라고, 두꺼웠던 자기 절제의 껍질이 갈라지는 경험을 했을 것이다. 스스로에게 너그러울 줄 아는 자기 이해가 행복해지는 방법이라는 것을, 마릴라는 앤에게 새로 배운다.

수십 년의 세월을 절제하고 노동하며 살아온 마릴라는 어쩌면 자기 자신을 너그럽게 대하는 업을 잊었을 수 있다. 그랬던 그녀의 삶에 작은 어린이 한 명이 '내일의 나를 좋아하는 나'를 보여 주면서 삶의 가능성을 활짝 열어젖힌다.

외적인 아름움과 행복의 상관관계

요즘 사람들은 어릴 적부터 따뜻한 사랑을 흠뻑 받아서 길러지는 자기애도 중요하지만, 아름다운 외모 역시 자기애에 필수 요소라고 생각한다. 그러면서 아름다움을 자산이라고 칭한다.

그 매력이 나의 영향력을 키워 주고, 원하는 목표를 얻는 데에 도움이 되기 때문에 그렇게 부르는 듯하다. 그래서 아름다움에 투자하고, 아름다움을 관리해야 한다고 말한다. 예쁘고 잘생기면 '금수저'로 태어난 것에 버금가는 특권을 가지고 산다고 믿기도 한다.

나는 사실 아름다움에 대한 가장 심오한 통찰은 미국의 시인 메리앤 무어의 〈오로지 장미뿐(Roses Only)〉이라는 시에 잘 드러나 있다고 생각한다.

아름다움은 자산이라기보다는 부채이다.

저 구절은 아름다움이 마치 자산처럼 보이지만 실제로는 갚아야 하는 부담이나 책임이 따른다는 뜻이다. 시인은 가시가 장미의 가장 좋은 부분이라며, 가시가 없어서 스스로를 지키지 못한다면 아름다움은 약탈되는 대상이거나, 아름다움을 가진 자의 마음을 조각조각 무너뜨리는 헛된 관심의 대상일 뿐이라고 말한다.

흔히 아름답거나, 돈이 많거나, 명예가 높다고 무조건 행복한 것은 아니라는 사실을 안다. 최소한 머리로는 다 알고 있다. 다만 그럼에도 아름다움과 돈, 명예를 쫓는 이유는, 이것들이 아니라면 대체 무엇을 쫓아야 하는지, 어떻게 쫓아야 하는지 모르기 때문이다. 그래서 남들이 좋다고 하는 것을 일단 쫓아갈 뿐이다.

그렇다면 우리는 어떻게 해야 행복해질 수 있을까? 아니, 어떻게 행복에 가까워질 수 있을까? 답은 생각보다 간단하다. 그저 매순간 행복해지겠다고 결심하면 된다.

《소년과 두더지와 여우와 말》에서 두더지는 소년에게 이렇게 말한다.

가장 큰 자유 중 하나는 세상에 어떻게 반응하느냐야.

이 말은 우리에게 정해진 운명이 있고 고난이 닥쳐오더라도 우리에게 벌어지는 일에 어떻게 반응할지 스스로 선택할 수 있다는 뜻이다. 바로 앤이 잘하는 일이기도 하다.

행복해지는 재능은 연습하고 훈련할 수 있다. 먼저 내 삶에 가장 중요한 것이 무엇인지 솎아내자. 하루하루 일상에서 찾은 소중한 순간을 쌓아 두고, 그 순간에 담긴 의미를 건져올리기로 결심하고 행동하자. 사실 이렇게 되면 행복이라는 말도 의미가 없어진다. 일상의 작은 것들이 하나하나 각별하고 소중해져서 행복이라는 말이 의미가 없어지는 순간이 올 것이다.

… 마릴라, 기다림은 기쁨의 절반이에요. 어떤 일은 안 이루어질 수도 있어요. 하지만 그 어떤 것도 기다리는 즐거움을 빼앗을 수는 없거든요. 린드 부인은 기대하지 않으면 실망도 하지 않을 거라 좋다고 말씀하셨지만, 실망하는 게 아무런 기대를 안 하는 것보다 나은 것 같아요.

주일학교 소풍 전날,
앤이 마릴라에게

〈초록지붕집의 앤〉 13장

빨강머리 앤이 보낸 편지

기다림은
기쁨의
절반

'빨리 빨리 한국인'이라는 말이 있듯이, 한국인들은 기다리는 일을 매우 싫어하기로 유명하다. 그래서 앤의 '기쁨의 절반은 기다림'이라는 말은 나에게 아주 특별하게 다가온다. 어떤 일이 이루어지기를 혹은 벌어지기를 기다릴 때 초조함과 불안에 잡아먹힐 것 같아 안절부절 못하는 대신, 이 기다림도 앞으로 벌어질 일로 느낄 기쁨의 절반이라고 생각하는 앤, 정말 대단하지 않은가.

앤은 교회의 야유회를 기다리고, 학교의 발표회를 기다리고, 퀸즈 학교의 입학 시험 결과를 기다리고, 졸업 시험 결과를 기다린다. 물론 기다림이 기쁨의 절반이라고 해서 앤이 불안하거나 초조하지 않다는 것은 절대 아니다. 앤은 불안과 초조함을 그저 받아들인다. 특히 퀸즈 졸업 시험 전에는 매우 긴장하면 서도 '미래 저 너머에 있는 전부가 모두 자신의 것'이라고 생각 한다. 한 해 한 해가 모두 가능성을 품은 장미꽃이라고 생각하 면 피어나는 것 자체로 기쁨을 누릴 수 있다. 앤의 기다림이 바 로 이렇다.

사실 우리는 결과를 가장 중요하게 생각하기 때문에 기다림 을 참지 못한다. 오로지 결과로만 말하는 치열한 경쟁사회에 살기 때문에 기다림은 고문이 되는지도 모르겠다. 가끔 지금보 다 삶의 속도가 훨씬 느렸던 과거를 상상해 본다.

때로는 기다림이
필요한 법

나는 카카오톡으로 거의 실시간으로 메시지를 주고받는 일상 을 살면서 가끔 사랑하는 사람한테 보낸 편지의 답장이 일주일 이 지나야 온다면 어떨까를 상상한다. 언제 답장이 올까 하루 종 일 창밖을 내다보고, 하늘을 올려다보고, 문간에서 나는 소리에 귀를 온통 기울이며 일주일을 보내는 일은 고문 같지 않을까.

하지만 편지를 주고받던 시절을 살아서 그런지 그 기다림이

빨강머리 앤이 보낸 편지

마냥 싫을 것 같지는 않다. 답장이 늦게 오면 올수록 같은 하늘 아래에 있지만 멀리 있는 당신에게 내 마음을 공양하는 시간이 더 길어지지 않을까. 사랑하는 사람에게 오는 편지를 기다릴 때면 매번 하늘에 내 마음을 공양하는 것 같았고, 그 마음이 커지면 커질수록 사랑하는 마음이 더 깊어지는 과정을 경험했다. 지금 돌아보면 기다림의 모든 순간이 귀한 추억이었다.

단순히 편지 답장뿐만이 아니다. 모든 일에는 과정이 필요하다. 소셜미디어가 발달한 이 시대에는 진짜이든 가짜이든 좋은 집, 좋은 옷, 화장법, 여행지 등 온갖 결과물이 반짝인다. 결과물만이 횡행하는 시대에 사람들은 그 결과물을 얻기까지 얼마나 시간이 걸리고, 얼마나 노력을 해야 하는지는 보지 않는다. 외려 시간과 노력을 들이는 이들을 무시하고, 금수저로 태어나 달랑 결과물만 보여 주는 사람들을 칭송하고 부러워하기도 한다.

하지만 우리는 결국 '마음으로' 산다. 마음이 흡족함이 없고, 텅 비어 있으면 무엇을 소유하고 무엇을 증명해도 다 소용 없다. 그저 불행하다. 따라서 이제 우리는 어떻게 하면 마음을 채울 수 있을지를 고민해야 한다.

성경에 내가 가장 좋아하는 구절 중 하나는 마음에 대한 구절
이다.

> 내가 그들에게서 돌 같은 마음을 제거하고 살처럼 부드러
> 운 마음을 주리라.

에스겔서 11장 19절

이 구절은 우리 마음이 늘 살처럼 부드럽기 때문에 상처받기
쉬워 살처럼 감싸고 가려야 한다고 해석된다. 돌은 던지는 무
기가 되거나, 쌓아서 자랑스러운 업적이 되는 결과물을 만들지
만, 살은 옷에 가려져 대부분이 보이지 않는다. 살이 된 마음을
입으면 그 부드러움 때문에 상처받기 쉬워진다. 따라서 가리
고 싸매고 지켜야 한다. 살을 보듬고 지키는 일에는 반드시 과
정이 따라온다. 소중한 것이 무엇인지를 알아차리는 과정이다.
마치 기대하다가 실망해도 감수하겠다는 앤의 마음이 꼭 이렇
지 않을까 싶다.

결과물이 다 헛된 것은 아니다. 과정 하나하나를 소중히 여기
며 목적지까지 가서 결과물을 얻으면, 남에게 내보일 수 있어서
가 아니라 내면에서부터 차오르는 충만함으로 커다란 기쁨이

느껴진다. 진정한 결과물은 바로 꽉 찬 이 마음이다. 이런 마음으로 성취한 일은 함부로 내보이지 않고 들떠서 좋아하지 않는다. 기다림으로 절반을 채운 마음이 온전히 충만해진다.

… 퀸즈를 떠날 때 제 미래는 제 앞에 곧게 죽 뻗은 길 처럼 보였어요. 여러 마일 앞을 길을 따라 내다볼 수 있는 것 같았지요. 이제 돌아가야 하는 모퉁이가 나 왔네요. 모퉁이를 돌면 무엇이 있는지 모르지만 최고 의 일들이 기다리고 있다고 믿으려고요. 모퉁이는 그 자체로도 매혹덩어리예요. 그 모퉁이를 지나 길이 어 떻게 뻗어 있는지, 찬란한 녹음이 펼쳐질지, 빛과 그 림자가 부드럽게 교차할지, 어떤 새로운 풍경이 있을 지, 어떤 새로운 아름다움이 도사리고 있을지, 어떤 굽잇길과 언덕과 계곡이 죽 이어질지 궁금해요.

에아번리로 떠나기 전,
앤이 마릴라에게

〈초록지붕집의 앤〉 38장

빨강머리 앤이 보낸 편지

괜찮지
않아도
괜찮다

마치 시간의 지도 같은 것이 있어서 누군가 "알지 못하는 미래로 갈래, 모든 것을 알고 있는 과거로 갈래?"라는 선택권을 준다면, 앤과 같은 부류인 사람들은 모두 알지 못하는 미래로 간다고 대답할 것 같다. 알지 못하면 불안하기도 하지만 알지 못하기 때문에 동시에 무한한 가능성이 도사리고 있기 때문이다.

중복 장애를 가지고 있어도 이를 훌륭히 극복한 헬렌 켈러는 길을 걷다 만나는 모퉁이에 대해 이런 말을 남겼다.

길을 걷다 만나는 모퉁이는 돌아가지 못하면 모를까, 길의 끝이 아니다.

어떤 사람은 장애물을 이겨내고 해결하면 된다고 생각하지만, 어떤 사람은 이곳이 길의 끝이라고 여겨 주저앉는다. 살면서 장애물을 거치지 않는 사람은 없다. 크고 작은 각종 장애물을 만날 수밖에 없다. 그럴 때 장애물을 해결하고 나아가는 사람과 여기가 막다른 길이라고 생각하는 사람의 미래는 크게 달라진다.

삶의 우선순위를
정해야 하는 순간

앤은 자신이 꿈꾸던 미래를 다시 생각해야 하는 순간을 맞이한다. 치열하게 공부해서 대학을 가고 평탄대로를 달려갈 줄 알았지만, 매슈의 죽음을 겪고 마릴라가 눈이 안 좋아져서 혼자 살 수 없게 되자 대학 진학을 포기하는 선택을 한다.

삶에 위기가 닥치면 혹은 큰 변화가 생기면 사람들은 삶의 우선순위를 새로 정렬한다. 앤은 자신의 삶에 든든한 버팀목이었던 매슈를 잃는 위기와 초록지붕집을 매각해야 하는 변화가 다가오자 자기 삶의 우선순위를 톺아본다. 내 삶에서 가장 중요한 것이 무언인지 추리며 가장 중요한 일을 중심으로 중요하지 않은 일이나 관계를 가지치기한다.

사회적으로 무언가를 성취하고 이루며 앞만 보고 달려가던 사람들이 멈칫하는 순간이 바로 가족을 잃거나 가족이 아프거나 가족과 갈등이 생길 때이다. 아무리 많은 것을 이루고 그 결과물을 훈장처럼 주렁주렁 달고 다녀도, 삶을 돌아보는 순간은 언젠가 찾아온다. 그러다 결국 사랑하는 이들의 지지와 응원을 받침돌로 삼아 서 있었기에 성취할 수 있었다는 것을 깨닫는다. 그때가 되어서야 일에서 관계로 삶의 방향을 수정한다.

이때 나에게 던져야 하는 질문이 바로 "내 삶의 고갱이는 무엇인가?"이다. 앤은 자기 삶의 고갱이를 지키기 위해 모퉁이를 도는 길을 택한다. 매슈와 마릴라와 초록지붕집이 바로 자신을 받쳐 주던 받침돌임을 깨닫고 이제는 자신이 다른 이들의 받침돌 역할을 해야 한다고 생각한다. 이렇게 받아들이면 어떤 포기나 부담도 그 무게가 줄어든다. 이것이 위기의 상황에서 괜찮지 않아도 괜찮은 동력이 된다.

때로는 비우는 것이
행복을 채워 준다

괜찮지 않아도 괜찮은 상태는 다른 말로 하면 '의도적인 만족감'이다. 이 단어는 노년기에 오히려 행복지수가 높아지는 현상의 원인이 무엇인지 연구한 이들이 만든 단어다. 브루킹스 연구소의 연구 결과를 보면, 사람들의 행복감은 유년기에 정점을 찍고 서서히 내려가다가 50대부터 다시 상승하기 시작해서 노년기에 더 행복해지는 경향을 보였다.

노년기에는 청장년기보다 건강이 좋은 것도 아니고, 딱히 가진 것이 더 많은 것도 아니다. 그럼에도 이들이 더 행복하다고 답하는 이유는 세상을 바라보는 시선이 바뀌었기 때문이다. 많은 부분에 대해 마음을 비운 것이다. 체력 때문에 더 이상 할 수 없는 일이 있음을 받아들이고, 노력해도 안 되는 일은 안 된다는 것을 알고, 허무하게 일찍 세상을 떠난 친구와 동료들을 보며 인생에 대해 다시 생각한다. 다시 말하자면, (객관적으로) 괜찮지 않아도 (주관적으로) 괜찮을 수 있다.

앤이 대학을 포기하고 마릴라를 돕는 삶으로 자신의 길을 바꿨을 때 앤은 괜찮지 않아도 괜찮았다. 그렇기 때문에 모든 것이 괜찮다는 말로 〈초록지붕집의 앤〉은 끝을 맺는다. 바로 로버트 브라우닝의 시 〈피파의 노래(Pippa Passes)〉 중 한 구절을 활용한 문장이다.

"하느님은 하늘에 계시니 세상에 모든 것은 괜찮아." 앤은
나직하게 속삭였다.

하느님은 하늘에 계신다는 말은 신도 제자리에 있다는 뜻이
다. '하느님이 계신 하늘 아래, 사람들도, 나도 제자리에 있다'는
뜻이 아닐까 싶다. 하느님이 보시기에 사람들의 삶이란 한철
피었다가 사그라지는 풀 같은 존재일 뿐이다. 그렇기에 풀같이
흔들려도 지나가는 바람일 뿐이니 괜찮다. 길이 막힌 듯 보이
면 돌아가면 된다.

… 앤이 차분하게 세상을 받아들이는 일은 그 본성을 바꾸는 일이 될 터였다. 있는 그대로 온통 '영과 불과 이슬'인 앤에게는 삶의 기쁨과 고통이 세 배의 강도로 다가왔다. 마릴라는 이 충동적인 아이게 존재의 기복이 아마도 가혹한 무게가 되리라는 것은 알고 있었지만, 기쁨을 느끼는 능력도 그만큼이나 커서 이를 상쇄하고도 남는다는 점은 익히 이해하지 못했다.

앤을 바라보며,

마릴라가

〈초록지붕집의 앤〉 21장

빨강머리 앤이 보낸 편지

세상을
다르게 감지하는
능력

어떤 〈초록지붕집의 앤〉 번역서에는 이 제문(Epigraph)이 빠져 있다.

> 좋은 별들이 당신의 별자리에서 만나
> 당신을 영과 불과 이슬로 빚어냈네.

영과 불과 이슬로 만들어진 존재는 어떤 사람일까? 서구권에서는 그리스 시대 만물의 기본 원소가 물, 불, 흙, 공기 등이라는 생각 이후로, 사람의 몸을 구성하는 성분이 그 사람의 특성을 결정한다는 믿음이 있었다. 고대 그리스의 '사체액설(의사들과 철학자들이 주장하던 인체의 구성 원리)'이 가장 대표적인 예이다. 아직도 그것의 영향으로 '다혈질' 같은 표현이 사용되고 있다. 〈초록지붕집의 앤〉에 나오는 이 제문은 앤의 성정을 이해하는 데 매우 중요한 역할을 한다.

앤은 퀸즈 입시반에 들어가 학교에 남아 별도로 공부하면서 다이애나와 더 이상 같이 하교하지 못한다. 이때 앤은 먼저 집으로 돌아가는 다이애나의 모습을 보면서 '죽음의 쓴맛'을 느꼈다고 말한다. 물론 누군가는 과한 표현이라고 생각할 수 있지만, 앤이 많이 힘들어하고 있음을 보여 주는 장면이다.

또한 조세핀 대고모 집에서 다이애나와 묵으며 박람회를 보고 온 후, 앤은 마릴라에게 65개의 문장, 1,002개의 단어를 한 달음에 쏟아 낸다. 앤은 기쁘고 신나고 멋진 것들을 보고 먹고 체험하고 온 소감을 이토록 구구절절하게 털어놓는 아이다. 이 아이에게는 고통의 계곡도 깊고, 기쁨의 언덕도 높다.

열정적이고 섬세하고, 고요하고도 연약한 앤

앤의 성정은 영과 불과 이슬이다. 영적인 면은 통찰력이자 세상을 보는 눈이자 지적인 능력과도 일맥상통하는 앤의 특징이고, 불은 앤의 열정적인 기질과 행동력이고, 이슬은 고요하고 연약하고 섬세한 기질을 말한다. 한 사람이 지적이면서 열정적이면서 동시에 섬세할 때, 그 삶에 오르락내리락이 얼마나 심할지 마릴라는 어렴풋이나마 알았던 것 같다.

아이를 사랑하는 양육자는 당연히 아이가 살면서 고통을 겪지 않기를 바란다. 그래서 마릴라도 앤이 섬세해서 더 많이 느끼는 고통과, 열정적이라 더 많이 다쳐서 느끼는 아픔을 모를 수 없다. 마릴라는 앤이 인생을 살아가며 남들보다 더 많이 괴로울까, 많이 다칠까 걱정한다. 하지만 앤이 기쁨을 느끼는 능력 또한 크다는 것을 마릴라는 잘 모른다. 앤에게는 고통도 잘 추스르고 넘어갈 수 있는 힘이 있다.

요새는 아마도 이런 아이들을 예민하다고 표현하는 것 같다. 예민하기 때문에 남들이 못 보고 놓치는 것도 보고, 남들의 말에 쉽게 상처받는다.

가르치는 일을 오래 하다 보면 부모들에게 흔히 듣는 말 중 하나가, "우리 애는 원래 안 그런데 친구를 잘못 사귀어서 그렇다"라는 말이다. 20대에 학원 강사를 잠깐 했던 시절에 이런 말을 듣고 그저 매우 황당했다. 나의 눈에는 그 집 아이가 가장 큰 문제였기 때문이다. 하지만 시간이 흐르고 더 많은 아이와 더 많은 부모를 보면서, 사람은 자신 혹은 자기 아이를 너무도 자주 그리고 너무도 쉽게 피해자 자리에 둔다는 사실을 알게 되었다.

예민함을 수동적인 자리에 두면 상처만 잔뜩 받는 기질이라고 생각할 수 있다. 하지만 예민함을 적극적인 자리에 두면, 누구보다 남들의 고통과 슬픔에 빨리 그리고 깊이 응답하는 축복의 통로로 활용할 수 있다.

실제로 앤은 예민하게 슬픔과 고통을 겪은 경험으로 다른 이의 슬픔과 고통에 응답하는 힘을 가진다. 그래서 자기처럼 엄마가 없는 아이들에게 손을 내민다. 데비와 도라 남매를 마릴라와 함께 양육하고, 엄마 없이 자라는 폴 어빙의 정신적 지주가 되어 준다. 앤의 고통과 슬픔은 그렇게 보석이 된다. 마치 아침 이슬이 잎사귀에 맺혀 보석처럼 빛나는 것처럼. 이렇게 영과 불과 이슬로 된 아이의 세상은, 무엇을 겪고 어떻게 흔들렸어도 결국 다 괜찮다는 말로 끝난다.

지금도 마찬가지다. 인류세의 황혼기일지라도 해가 뜨고 지고, 노을이 아름답고, 새들이 지저귀고, 나뭇잎이 바람에 흔들리고, 하늘은 아무리 손을 뻗어도 닿을 수 없는 신의 얼굴처럼 푸르르다.

… 우리는 아주 현명해지고 있는 중이에요. 그래서

정말 유감이지 뭐예요. 생각을 감출 수 있도록 언어

가 우리에게 주어졌다는 걸 알았을 때 우리는 결코

예전만큼 흥미로울 수가 없어요.

바보 같은 이야기를 한다고 하자,

앤이 폴의 할머니에게

<레드먼드의 앤> 23장

빨강머리 앤이 보낸 편지

언어로
담아낼 수
없는 것

　〈레드먼드의 앤〉 23장에는 앤처럼 책 속의 세계와 상상의 존재를 좋아하던 앤의 학생, 폴 어빙이 오랜만에 할머니 집으로 돌아와 앤과 다시 만나 시간을 보내는 장면이 나온다.

　폴과 앤은 함께 산책을 나가고 이때 폴이 앤에게 이제 더 이상 어릴 때 보던 상상 속 존재들을 볼 수 없다고 말한다. 집으로 돌아온 뒤 그 이야기를 들은 어빙의 할머니는 폴과 앤이 여전히 바보 같은 이야기를 한다고 뭐라고 하신다. 이에 앤은 할머니에게 말과 글에 빠져 어린 시절을 보냈던 이들이 자라면 어떻게 되는지 이야기한다. 말과 글의 기만성을 크면서 알아버린 쓸쓸함이 깃들어 있다.

그 누구보다도 말과 글이 만들어 내는 허구의 세계에 푹 빠져서 살던 앤과 폴이 언어가 인간에게 주어진 이유는 인간이 자기 생각을 숨길 수 있도록 하기 위해서라고 말하다니, 많은 생각을 하게 만든다.

이런 의미가 아닐까? 어린 시절에는 언어가 생각과 마음을 표현하는 수단이라 생각하고 언어로 많은 것을 표현하려고 노력하지만, 나이가 들어서 보니 언어로 도저히 다 담아낼 수 없는 무언가가 있다는 것을 알게 되었다는. 즉 우리 삶에는 말을 넘어서는 체험과 경험이 있고, 때로 말과 글로는 어떤 것의 본질을 도저히 포착해 낼 수 없다는 뜻이다.

또한 앤은 커 가면서 모든 것을 표현할 필요가 없다고 생각한다. 실제로 앤은 〈초록지붕집의 앤〉에서 말수가 줄었다는 마릴라의 말에 이렇게 답한다.

아름답고 고운 생각을 하게 되면 마음속에 보물처럼 간직하는 게 더 좋아요. 이런 생각을 사람들이 비웃거나 갸웃거리는 게 싫어요. 그리고 어째서인지 거창한 말들을 더 이상 쓰고 싶지 않아요. … 배우고 해 보고 생각할 게 너무 많아서 이젠 거창한 말을 쓸 시간이 없어요.

말로 설명할 수 없는
순간

가끔 그럴 때가 있다. 말로는 도저히 이 마음을, 이 순간을 다 담아낼 수 없다는 생각이 드는 순간. 이럴 때 영어로는 "Words fail me"라고 말한다. 직역을 하면 '말이 나를 실패시켰다'인데, 말이 미처 내 생각과 마음을 다 담아내지 못했다, 좀 더 구어적으로 말하면 '말이 안 나왔다' 정도로 해석할 수 있다. 이렇듯 말이 실패하는 지점이 우리 삶에 존재한다.

말이 실패하는 순간 중에 가장 아름다운 순간은 아이가 문자의 세계로 들어오기 전이다. 언어로 표현할 수 없는 많은 것과 더불어 사는 그 시기에 아이는 감각으로 세상을 산다. 아이를 문자의 세계로 너무 일찍 데려오면 수많은 세상의 체험 거리를 놓칠 수 있다고 한다. 아이의 상상력 또한 그만큼 줄어든다고도 한다.

모든 것을 말로 해야만 의미가 있는 것은 아니다. 그저 느끼는 순간도 중요하고, 그런 순간을 누구와 함께 누리는지가 더 중요하다.

또한 언어는 매우 기만적일 때가 있다. 사람의 생각과 감정을 표현할 때, 언어는 아주 좋은 포장지가 될 수 있다. 모든 사람의 언어가 진실된 것도 아니고, 사람이 의도하지 않아도 언어는 역설적으로 어떤 사람이 하는 말을 배신하기도 한다.

전에 이런 글을 읽은 적이 있다. 미국에서 10대와 20대 남성들이 "No fear(두려워 하지마 혹은 두렵지 않아)!"라는 문구가 적힌 모자를 쓰고 다니는 게 유행이라며, 필자는 대체 뭐가 그렇게 두렵길래 '두려워 하지마!' 혹은 '두렵지 않아!'라고 써붙이고 다니냐고 물었다. 사실 전혀 두렵지 않은 사람은 두렵지 않다는 말조차 하지 않는다. 저 말은 두려움을 느끼는 사람이 그에 반응해서 하는 말이다. 이렇듯 때로는 구태여 어떤 말을 하는지 혹은 하지 않는지가 사람이 숨긴 진실을 말해 준다.

사람의 심리는 복잡하고, 언어로는 자신이 진정으로 원하는 바를 영원히 전달하지 못할 수도 있다. 앤은 이제 사람의 마음이 너무도 복잡해서 말로 다 담을 수 없다는 것을 안다.

언어가 기만적일 수도 있다는 사실을 알면, 오히려 말과 글에 더 조심하게 된다. 말하는 사람의 심리라는 행간을 읽을 수 있게 되고, 자신이 하는 말에 삶을 일치시키는 법을 더 고민하게 된다. 결국 말과 글을 사랑하는 이가 걸어가는 길은 어떻게 하

면 내가 믿고 사랑하는 말에 닿도록 내 삶을 살아가는가의 문
제가 된다. 나를 끌고 갈 만한 말이 먼저 있어야 그에 닿도록 내
삶을 끌고 갈 수 있지 않은가. 앤과 폴은 이것을 알기에 그럼에
도 계속 말과 글을 붙들고 살아간다.

앤이 우리에게 보낸 편지를
읽고 쓰고 되새겨 보세요.

내 속에는 앤이 너무 많아. 그래서 내가 그렇게나
말썽을 피우는지 모르겠다는 생각도 이따금 해.
앤이 한 명 밖에 없으면 훨씬 더 편하게 살지도 모
르겠어. 하지만 그렇다면 사는 게 그 반만큼도 흥
미롭지 않을 거야.

우리를 설레게 한 앤의 문장들

....
....
....
....
....
....
....
....
....
....
....
....
....

마릴라, 기다림은 기쁨의 절반이에요. 어떤 일은
안 이루어질 수도 있어요. 하지만 그 어떤 것도
기다리는 즐거움을 빼앗을 수는 없거든요. 린드
부인은 기대하지 않으면 실망도 하지 않을 거라
말씀하셨지만, 실망하는 게 아무런 기대를 안 하
는 것보다 나은 것 같아요.

우리를 설레게 한 앤의 문장들

....
....
....
....
....
....
....
....
....
....
....
....
....
....

이제 돌아가야 하는 모퉁이가 나왔네요. 모퉁이를 돌면 무엇이 있는지 모르지만 최고의 일들이 기다리고 있다고 믿으려고요. 모퉁이는 그 자체로도 매혹덩어리예요. 그 모퉁이를 지나 길이 어떻게 뻗어 있는지, 찬란한 녹음이 펼쳐질지, 빛과 그림자가 부드럽게 교차할지, 어떤 새로운 풍경이 있을지, 어떤 새로운 아름다움이 도사리고 있을지, 어떤 굽잇길과 언덕과 계곡이 죽 이어질지 궁금해요.

우리를 설레게 한 앤의 문장들

....
....
....
....
....
....
....
....
....
....
....
....

때로는 사랑을
받아들일 줄도
알아야 해요

… 마릴라는 앤을 부드러운 눈빛으로 바라보았다. 벽난로의 불꽃이 빛과 그림자를 드리우며 부드럽게 일렁이고 있었다. 더 밝았으면 절대 볼 수 없었을 눈빛이었다. 말과 속이 다 보이는 표정으로 쉽사리 드러나는 사랑이라는 덕목은 마릴라가 결코 배울 수 없는 사랑이었다. 하지만 마릴라는 드러내 보이지 않기 때문에 더 깊고 강한 애정으로 이 마른 회색 눈의 소녀를 사랑하게 되었다.

퀸즈 아카데미 준비반에 들어간 앤을 보며,

마릴라가

〈초록지붕집의 앤〉 30장

빨강머리 앤이 보낸 편지

《빨강머리 앤》의
진짜
주인공

2008년 《시녀 이야기》로 유명한 캐나다의 작가 마가렛 애트 우드는 《가디언》에 빨강머리 앤 100주년 기념 기사를 기고한 다. "날 원하는 사람은 아무도 없었어요(Nobody ever did want me)"라는 제목의 이 기사에서 애트우드는 저자 모드가 《빨강머 리 앤》에 불행한 삶에서 자신이 소망하는 바를 어떻게 투영했 는지 적으면서, 진짜 주인공은 마릴라로 보인다고 말한다.

변화하는 진정한 어른,
마릴라

사실 앤과 함께하는 삶을 통해 진정으로 변화하는 인물은 마릴라다. 매슈는 한결같은 모습이 매력인 인물이고, 앤은 키가 크고, 차분해지고, 안정되기는 하지만 그 본성은 변하지 않는다. 하지만 마릴라는 변한다. 건조하고 감정 표현이 없고 매일매일 반복되는 작은 세상에서 살던 마릴라가 어린 소녀 하나를 키우면서 이런 면이 있었을까 싶을 정도로 변한다.

이 변화가 놀라운 이유는 중년에 접어들어서 사람의 본성이 변하기가 참 어렵기 때문이다. 사람들은 나이가 들수록 단점이라고 할 수 있는 부분이 외려 강화되는 양상으로 늙어가는 경우가 많다. 본인이 스스로 깨닫지 못해서 그럴 수도 있고, 변함없이 동일하게 돌아가는 주변 환경에 떠밀려 살다 보니 그럴 수도 있다. 나이 들면서 '꼰대' 소리를 듣거나 보수적으로 변하는 이유가 바로 여기에 있다. 하지만 마릴라는 놀랍게도 변한다.

마릴라의 사랑은 흔히 '츤데레'라고 불리는 유형의 사랑이다. 아이는 말로 하지 않아도 양육자가 자신을 사랑하는지 아닌지를 안다. 아이는 부모의 말을 듣고 배우며 자라는 것이 아니라 부모의 행동을 보고 배우며 자라는 법이다.

마릴라가 아무리 말로 애정을 드러내지 않고, 얼굴에 듬뿍 감정을 담아 앤을 대하지 않았다고 해도, 밤에 잘 자는지 들여다

보는 정성, 추울까 덧신을 떠 주는 정성, 콧물을 흘리거나 재채기를 하면 닭고기 수프를 준비하는 정성, 아이 방에 웃바람이 들까 살피고 막아 주는 정성 등 이런 행동 하나하나에서 아이는 양육자의 사랑을 느끼지 않을 수 없다.

오히려 태어날 때부터 모든 것을 당연하다는 듯이 받은 친자식은 그 사랑을 잘 모를 수 있다. 하지만 남의 집에서 얹혀살고 고아원에서 눈칫밥을 먹은 경험이 있던 앤은 말없이 챙겨 주는 마릴라의 행동 하나하나를 오히려 각별하게 받아들이고 마음에 새겼을 것이다.

어른이 되어서
다시 만난 마릴라

《빨강머리 앤》, 그중에서도 1권인 〈초록지붕집의 앤〉은 많이들 알고 있고, 어린 시절에 읽어보거나 일본 애니메이션으로 접하거나, 최근에 넷플릭스 드라마 〈Anne with an E〉으로 접한 이들이 많다.

어른이 되어서 다시 앤을 만나면 이전에 보이지 않던 내용이 보이기 시작한다. 어릴 때 무작정 어린 앤에게 감정 이입을 하던 모습에서 벗어나 이제 양육자가 되어 다시 앤을 읽으면 양육자인 마릴라와 매슈의 모습이 다시 보인다. 지금 우리가 애니메이션 〈둘리〉를 보고 고길동의 마음을 더 이해하는 것처럼 말이다.

원래 명작은 10년 주기로 다시 읽는 것이 좋다고 한다. 책이라는 하나의 텍스트를 독자의 삶이라는 또 다른 텍스트로 읽기 때문이다. 독자의 삶의 경험치가 많아질수록 읽었던 책을 다시 읽을 때 전에 찾지 못했던 의미를 더 많이 찾을 수 있다.

어릴 때 앤을 만났던 사람들이 중년이 되어서 앤을 읽으면 아마 마가렛 애트우드와 마찬가지로 이 책의 진짜 주인공이 마릴라임을 깨달을지도 모르겠다. 우리도 어린 시절에는 마릴라가 무섭고 조금 더 앤에게 다정히 대하기를 바랐을지도 모른다. 하지만 그런 시절을 지나, 아이 혹은 강아지 혹은 고양이처럼 보다 약한 존재들을 돌보며 사랑을 내어주다가 마릴라처럼 변한 자신과 마주한다.

사랑받아야만 사랑할 수 있는 것은 아니다. 어린 시절에 사랑받지 못했더라도, 온 세상을 뒤져서 사랑을 찾아서 받는다 할지라도, 그 결핍을 채우는 일은 불가능하다. 아이를 키우면서 배우는 사랑의 비밀은, 사랑을 받아서가 아니라, 사랑을 내어주며

빨강머리 앤이 보낸 편지

비로소 그 결핍이 채워진다는 것을 아는 것에 있다.

엄격하게 일만 열심히 하며 사랑을 보지 못하고 살아왔던 마릴라는 앤을 키우며 이 비밀을 알게 된 것 같다. 마릴라처럼 사랑을 내어주면서 변하는 삶, 멋지지 않을까.

… 매슈 아저씨가 여기 있었을 때, 네가 웃는 소리를 듣고 싶어 했고, 네가 주변의 즐거운 일들 속에서 기쁨을 찾는 걸 알고 좋아하셨어. 지금은 그냥 멀리 계신 것뿐이야. 지금도 마찬가지로 알고 싶어 하셔.

매슈 아저씨가 세상을 떠나고,
목사 부인이 슬퍼하는 앤에게

<초록지붕집의 앤> 37장

빨강머리 앤이 보낸 편지

매슈 아저씨의
스며드는
사랑

앤이 실수를 저지를 때마다 한 마디씩 하고, 쫓아다니며 잔소리를 하고, 입을 옷을 만들어 주고, 소풍 도시락을 만들어 주는 사람은 마릴라인지라, 마릴라는 책에 굉장히 자주 등장하고 앤과 가장 많은 대화를 나눈다.

다른 양육자인 매슈는 과묵하고 수줍어하는 성격의 인물이다. 그래서인지 책 전체에 매슈가 하는 말은 많지 않다. 마릴라가 주 양육자는 자신이니 아이를 키우는 방식에 훈수 두지 말라고 일침을 가했고, 이에 매슈도 동의를 했기에 매슈가 나서서 이런 저런 말을 거들거나 반대하는 일은 없다.

하지만 매슈는 늘 앤의 옆에 있어 준다. 재잘재잘 말이 많은

앤이 하루가 끝날 때쯤 달려와 요정이니 레이디니 하는 온갖
허무맹랑한 말을 쏟아내도 매슈는 묵묵히 듣는다.

조용하지만 깊은
매슈의 사랑

매슈는 면밀히 앤을 살핀다. 그리고 앤이 친구들과 놀 때 앤
의 옷소매에만 퍼프 장식이 없이 평범하다는 사실을 알아차린
다. 퍼프 장식이 우스꽝스러워 보이고 쓸데없다는 점은 마릴라
의 의견이 맞다. 하지만 옳고 그른 잣대로 아이의 마음을 가늠
할 수는 없다.

매슈는 앤의 마음을 살피고 헤아린다. 그리고 여자 직원에게
말을 거는 것도 힘들어하면서, 상점에 가서 퍼프 소매 달린 드
레스를 사려다 몇 번이고 실패한다. 결국 린드 부인에게 부탁
해서 퍼프 소매 드레스를 앤에게 선물한다.

나는 《빨강머리 앤》에서 매슈가 나오는 장면 중 앤이 밤새워
서 다이애나의 동생 미니메이를 간호하고, 새벽에 매슈와 함께
서리 맞은 숲길을 지나 초록지붕집으로 돌아가는 장면을 가장
좋아한다. 매슈는 잘했다고 앤에게 칭찬을 퍼붓지 않는다. 하

지만 아이가 새벽길을 혼자 걸어오지 않도록 함께 걷는다. 미니메이를 구하고 뿌듯해하는 앤의 기쁨이 앤이 바라보는 온 세상에 퍼져서 가득할 때 그 풍경을 지켜 준다.

매슈가 그저 옆에 서서 앤을 바라보는 순간은, 앤에게는 자연이 자신의 감정에 호응해 주는 것 같은 순간이 되지 않을까. 나는 이 경험이 인간이 세상을 경험하는 아주 독특한 방식이고, 또한 축복이라고 생각한다. 내가 잔잔하고 고요하게 기쁠 때 왠지 햇빛 한 줄기가 유독 빛나며 나를 따라오는 것 같은 느낌, 내가 힘들고 지치고 우울할 때 햇빛조차 단검처럼 내리쬐며 나를 찌르는 것 같은 느낌.

이러한 인간의 인식은 세상에 대한 지각을 일그러뜨려 왜곡하는 길이기도 하지만 동시에 자연과 혹은 세상과 연결되는 창을 열어주는 길이기도 하다. 매슈는 앤에게 이 기회를 선물해 준 것이다.

받아 주고
받쳐 주는 사랑

옆에서 아이가 자신이 바라보는 세상 전부를 감정으로 채색하고 있을 때, 어른은 매슈처럼 행동하면 된다. 아이와 함께 그 감정에 물들어 같이 뛰놀 수도 있지만, 그저 아이의 감정을 막거나 재갈을 물리지 않고, 몇 발짝 떨어져서 지켜봐 주면 된다.

아이는 자기 옆 혹은 뒤에 엄마나 아빠가 있다는 사실을 안다. 그것을 알고 세상을 맞으러 나가는 아이는 한껏 자신을 열고 세상 앞에 선다. 헛디디면 잡아 줄 사람이 있다는 것을 아는 아이는 세상을 온전히 느낄 수 있다.

앤은 정말 멋진 아침이라고, 이 세상은 하느님이 즐기려고 상상한 바를 구현한 곳 같다고 외친다. 아이가 이런 말을 하며 세상 앞에서 활짝 피어나면, 지켜보는 부모는 다른 존재의 삶이 충만하게 가득 채워졌을 때 덩달아 자신의 삶도 가득 채워지는 신기한 경험을 한다. 어른들은 이제는 너무도 복잡해진 자신의 세상을 채우는 방법이, 어린 존재가 자기 세상을 채울 수 있도록 북돋워 주고 밀어 주고 받쳐 주는 일이란 것을 배운다.

이런 사랑의 비밀을 알고 한껏 누리는 자는 수많은 말로 아이를 키우지 않는다. 아이의 삶에 스며든다. 조용하고 잔잔하고 천천히 아주 거대한 존재감을 아이에게 남긴다. '난 항상 너를 위해 여기 있어'라는 메시지만큼 강력한 메시지는 없다.

매슈는 나중에 앤에게 이런 말을 한다. 그에게 이보다 더한 사랑의 표현이 있을까.

빨강머리 앤이 보낸 편지

앤, 나는 남자아이 열두 명을 보내 준다고 해도 너를 택할 거야. 그것만 알아두렴. 남자아이 열두 명보다 네가 나아. 아마 에이버리 장학생이 남자아이가 아니었잖아? 여자아이였지, 우리 딸, 자랑스러운 내 딸 말이다.

… 단짝 친구요, 정말 친한 친구요. 가장 깊은 속내도 털어놓을 수 있는 정말 비슷한 영혼을 가진 친구 말이에요. 저는 평생 그런 친구를 만나기를 꿈꿔 왔어요. 그럴 수 있을 거라 정말로 믿어 본 적은 없지만, 제가 꾼 멋진 꿈들 중 많은 일들이 한번에 이루어졌으니 아마 이 꿈도 이루어지지 않을까요? 가능할 거라 생각하세요?

다이애나를 만나기 전,
앤이 마릴라에게

<초록지붕집의 앤> 8장

나와
결이 같은
사람

한국말에도 단짝 친구, 영혼의 단짝, 지음(知音), 절친 등 자신과 결이 맞고 언제나 이해해 주고 지지해 주는 친구를 일컫는 표현은 많다.

다이애나와 앤의 우정은 〈초록지붕집의 앤〉 12장 배리 씨의 정원에서 둘이 단짝 친구가 되기로 맹세하면서 시작된다. "해와 달이 존재하는 한 다이애나 배리에게 충실할 것을 엄숙히 맹세합니다"라는 말을 시작으로 둘은 특별한 사이가 된다.

이후 에이번리 학교로 갈 때나 학교에서 집으로 올 때나 둘은 늘 같이 다니는데, 둘이 함께 걷는 길에 대한 아름다운 묘사는 이 둘이 공유하는 경험을 더욱 아름답게 만들어 준다. 그러다 앤이 다이애나에게 라즈베리 주스인 줄 알고 술을 잘못 먹인다. 이로 인해 둘은 만나지 못하게 되었는데, 앤과 다이애나가 겪은 아픔과 슬픔이 오히려 둘의 사이를 더욱 돈독히 만들었다.

진정한 우정의 의미

이후 〈에이번리의 앤〉에서 앤이 레드먼드 대학으로 공부하러 다시 떠날 때 다이애나가 자기 말고 다른 친구들이 많이 생길 거라며 서운해한다. 이때 앤이 자신에게 다이애나가 어떤 의미인지 말하는 대목이 있다.

네가 나를 사랑한다고 말해 주었던 그날 느꼈던 전율을 난 영원히 잊을 수 없을 거야. 나는 어린 시절 내내 너무도 외롭고 굶주렸던 마음을 가지고 있었어. 네 우정이 내게 어떤 의미였는지 너는 모를 거야. 이제 여기서 너한테 감사하고 싶어. 네가 항상 내게 주었던 그 따스하고 진실된 애정에 대해서 말이야.

나중에 다이애나는 프레드 라이트와 결혼해서 낳은 딸의 이름을 '앤 코델리아'라고 짓는다. 보통 친척 혹은 친구의 이름을 따서 이름을 짓는 게 전통인지라 뜬금없이 중간 이름으로 '코델리아'가 왜 들어가는지 다른 사람들은 아무도 모르지만, 앤과 다이애나는 안다. 앤이 너무도 원했던 이름 코델리아를. 다이애나가 낳은 딸 이름은 앤과 다이애나 둘 사이의 우정의 증표이기도 하다.

우정 연구에 따르면, 우정은 투자하는 시간에 직접적으로 비례하고, 같이하는 시간이 줄면 우정도도 떨어진다고 한다. 하지만 앤이 비록 많은 친구들과 우정을 나눌지라도 그 어떤 우정도 다이애나와의 우정 같지 않았다. 문득 가슴이 아려 온다. 우리는 이런 환상을 공유하는 친구가 있을까.

앤이 다이애나와는 어쩌면 자연스럽게 친구가 되었지만, 이후에 친구가 된 사람들은 공통된 특징이 있다. 바로 앤이 '요셉을 아는 자'라고 불렀던 사람들이다. 여기서 요셉은 성서 창세기에 나오는 요셉으로, 형들에게 배신당해 이집트로 노예로 팔려 갔다가 꿈 해석을 통해 이집트 파라오의 총애를 받아 대신의 자리까지 오른 사람이다.

'여기 지금'의 삶뿐 아니라 '저기 저 때'의 삶을 꿈꾸는 자를 앤은 '요셉을 아는 자'라고 부르며, 어디로 가든 이런 유형의 사람들과 교류한다. 가르쳤던 학생들 중 한 명인 폴 어빙이라든가, 서머사이드의 리틀 엘리자베스 등이 이에 속하는데, 뛰어난 상상력으로 현실에 없는 존재들을 빚어내고 이를 통해 현실의 어려움을 이겨내는 사람들이다.

시간을 함께 공유하는 일

100년도 더 전에 쓰인 책 속 어린 주인공이 꿈꾸던 우정, 그 소녀가 어른이 되며 지키고 일궈 낸 우정을 보며, 현대의 나는 우리가 더 이상 그런 우정에 대해 논하지 않는다는 사실이 서글펐다.

고도로 발달한 인터넷과 전자 통신 장비로 인해 과거와 비교할 수 없을 정도로 많은 사람과 얕게 연결되어 살아가기 때문에 그렇지 않을까 싶다. 편지 한 번 오가는 데에 며칠씩 걸렸던 시대에는 누군가를 그리고 기다리고 생각하는 시간이 더 많았을 것이다. 우정은 들이는 시간에 비례해서 깊어진다고 하는데, 우리는 쉴 새 없이 틱톡과 릴스 같은 숏폼과 여러 일에 주의

빨강머리 앤이 보낸 편지

를 빼앗기며 사람들에 대해 깊이 생각하고 느끼지 않아서 그런지도 모르겠다.

자주 보는 것, 자주 시간을 함께하는 것, 그중에서도 밥을 같이 먹는 행위가 친밀도를 높여 준다고 한다. 비슷한 가치관과 취향과 세계관을 나누는 일도 중요하다. 하지만 일단 자주 만나고 자주 시간을 보내고 함께 밥을 먹는 사람을 만들어야 한다. 마음의 결이 아무리 잘 맞아도 자주 보지 않으면 마음은 멀어진다. 몸이 가면 마음이 따라간다.

우정이나 영혼, 마음의 결 같은 어려운 말은 하지 않아도 좋다. 정기적으로 만나서 같이 밥을 먹는 사람이 있으면 그것만으로도 팍팍한 일상이 촉촉해지지 않을까.

··· 나는 너를 내 살과 피처럼 사랑한단다. 네가 초록

지붕집으로 온 이후로 너는 내게 기쁨이자 위안이

었어.

앤을 따뜻하게 바라보며,

마릴라가 앤에게

<에이번리의 앤> 37장

빨강머리 앤이 보낸 편지

끝없이
받아 주는
사랑

〈에이번리의 앤〉에서는 엄마는 병으로 사망하고 아버지는 멀리 떠나 있어서 아이들만 남겨진 데이비와 도라 남매를 마릴라와 앤이 데려와 키운다. 자신의 어린 시절 모습과 겹치는지 앤은 남매의 양육에 발 벗고 나선다. 쌍둥이 중 데이비가 피우는 말썽은 독자의 혀를 내두르게 하고 머리를 아프게 만드는 지경인데, 나중에 마릴라는 앤이 나누는 대화에서 머리를 한 방 맞는 경험을 한다.

우리는 늘 우리를 필요로 하는 사람들을 가장 사랑하게 돼요. 데이비가 우리를 몹시도 필요로 하지요.

온통 말썽만 피우는 데이비를 바라보는 앤의 시선이 매우 놀라웠다. 아이의 모든 말썽이 내면에 무언가 결핍되거나 어떤 상처가 있어서 다른 이들의 사랑을 갈구하는 표현이라는 통찰을 보여 주기 때문이다. 얌전하고 말 잘 듣는 도라에 비해 온갖 장난과 말썽을 부리는 데이비에게 외려 어른의 관심과 사랑이 필요하다는 것을 앤은 꿰뚫어 보고 감싸 준다.

어느 날 미드를 보는데 사람들이 왜 포옹을 좋아하는지 아냐는 대사가 나왔다. 나는 포옹이 주는 온기가 위로가 되어서라고 생각했지만, 보다 깊은 말이 이어졌다.

포옹은 고통에 경계를 설정해 주기 때문이에요.

애정을 갈구하는 데이비의 욕구와 아픔을 들여다보는 앤의 모습을 보니 이 말이 떠올랐다. 앤은 이 비밀을 알고 있었지 싶다.

받아 주고, 받아 주고, 또 받아 주는 사랑

우리는 타인의 아픔을 대신 아파할 수도 없고, 타인의 슬픔을 대신 슬퍼할 수도 없다. 하지만 안아 줄 수는 있다. 안아 주는

빨강머리 앤이 보낸 편지

행위로 '여기까지만 아프면 돼. 더 이상은 아프지 마'라는 메시지를 상대에게 전할 수 있다. 때론 천 마디 말보다 단 한 번의 몸짓이 더 강력하다. 앤의 포옹을 받은 데이비는 아마 알 것이다. 언제나 앤이 마음으로 자신을 계속 안아 주고 있다는 사실을.

물론 사람은 한 번의 포옹으로 바뀌지 않는다. 계속해서 말썽을 저지르는 데이비는 그때마다 앤에게 와서 "마릴라 아주머니는 혼내도 누나는 안 그러지요?"라고 말한다. 이 장면은 정말로 마음이 아팠다. 어떤 아이는, 아니 어떤 사람은 사랑을 받아도 거듭 확인한다. '이래도 나를 사랑해? 이런 짓을 해도 나를 사랑할 거야?' 이렇게 몇 번이고 사람의 인내와 한계를 시험하며, 밀어내도, 가시로 찔러도, 말썽을 피워도, 그래도 나를 사랑하냐고 확인한다.

데이비도 그런다. 어느 순간 그래도 자신은 사랑받고 있고, 사랑받을 가치가 있다는 걸 수긍할 때까지 그렇게 한다. 앤이 받아 주고, 또 받아 주고, 또 받아 주었기 때문이다.

모든 사람이 데이비처럼 운이 좋은 건 아니다. 끝도 없이 받아 줄 수 있는 사람이 부모밖에 없을 수도 있고, 부모도 그러지 못할 수도 있다. 어떤 사람은 '대체 속에 어둠이 얼마나 깊기에 저만큼 사랑받아도 충분치 않은 걸까' 하는 생각이 든다.

데이비의 모습을 보면 나는 모드의 첫째 아들 체스터가 떠오른다. 모드가 체스터를 키우며 얼마나 힘들었을지 생각하면 아득하다. 받아 주고, 또 받아 주고, 또 받아 주어도 체스터는 모드가 자신을 얼마나 사랑하는지 알지 못했던 것 같다. 체스터는 어릴 때부터 수도 없이 많은 사고를 쳤고, 여자와 중독에 관련된 사고가 끊이지 않았다. 체스터의 많은 비행을 모드가 성공해서 얻은 돈으로 덮었다고 한다.

　가장 가슴 아팠던 부분은, 모드가 죽은 뒤 체스터가 집으로 들어가 쓸 만한 물건을 다 끌어내 팔았다는 사실이다. 몇 년 전 모드의 손녀(둘째 아들의 딸)는 모드가 스스로 생을 끝냈다고 밝힌 바 있다(논란의 소지가 있지만, 유서로 보이는 메모가 발견된 것은 사실이다. 신병을 앓던 남편을 오래 간병하고 비행을 저지르는 아들에 지쳐서 모드는 다 내려놓고 싶은 심정이었던 것 같다). 그렇게 받아 주고 안아 줘도 모드의 첫째 아들은 변하지 않았다.

　이런 모드의 첫째 아들에 대해 알고 책 속의 데이비와 앤을 보면, 모드가 어떤 마음으로 데이비를 그렸을지, 얼마나 끝도 없이 안아 주고 싶었고 받아 주고 싶었는지, 그 마음이 읽혀서 마음이 아프다. 현실로 눈을 돌려 자기 아들을 볼 때마다 얼마나 마음이 찢어지고 간절했을까.

한국에서는 그런 자식을 '아픈 손가락'이라고 한다. 이 손가락이 사무쳐서 어쩌지 못하는 마음으로, 사랑을 가장 필요로 하는 아이를 가장 사랑한다고 말하는 모드의 심정을 헤아려 본다.

… 사랑은 눈앞에 있으면 몰라보는 법이야. 너는 사랑이라고 생각하는 무언가를 상상하다가 자기 꾀에 넘어간 것 같아. 그리고 현실이 네 상상 같을 거라 기대하지.

길버트의 청혼을 거절하고 돌아온 앤을 보고,
필리파가 앤에게

<레드먼드의 앤> 20장

빨강머리 앤이 보낸 편지

환상
속
로맨스

앤은 레드먼드 대학으로 공부를 하러 떠난다. 린드 아주머니 남편이 세상을 뜨고 린드 아주머니가 마릴라와 함께 살게 되면서 상황이 안정되었기 때문에 마음 편하게 대학으로 떠날 수 있었다.

여기서 앤은 '패티의 집'이라는 작지만 아늑하고 아름다운 집에서 친구인 스텔라, 프리실라, 필리파와 가사 도우미 제임시나 아주머니와 살게 된다. 길버트도 1년 동안 교편을 잡아 학비를 마련한 뒤 레드먼드 대학에 진학한다. 에이번리와 레드먼드에서는 다양한 로맨스가 그려지면서 여자의 삶에서 로맨스가 무엇인지, 사랑과 결혼의 무게가 어떠한지 그려진다.

다른 우주가 만나
성장한다

앤이 친구들 중 가장 독특한 인물은 필리파다. 엄청난 상류층 부잣집에서 부족함 없이 자란 필리파는 수많은 구혼자 중 그 누구와도 결혼하고 싶지 않아서 차라리 대학을 다니겠노라고 레드먼드 대학으로 진학한다.

의외로 앤과 전혀 다른 배경에서 자란 필리파가 앤과 가장 의미 있는 대화를 많이 나눈다. 물론 이게 그냥 가능한 일은 아니다. 필리파와 앤이 이미 열린 태도를 가지고 있었기에 가능한 일이었다. 다른 세계, 다른 우주가 만나서 부딪히고 섞여야 두 세계가 다 변하고 성장할 수 있다.

필리파는 주어진 삶이 안락히고 편해도 그게 삶의 전부가 아님을 아는 영혼이었고, 결혼하면 남자에게 종속되어 노예가 된다는 말까지 한다. 앤은 언제나 호기심이 많고, 새로운 사람, 새로운 생각을 하는 열린 영혼이라 필리파와 만나서 우정을 쌓을 수 있었다.

필리파는 결국 부유하고 잘생긴 청혼자들을 모두 거절하고, 여행지에서 만난 가난하고 못생긴 남자와 사랑에 빠져, 특권이 넘치던 자기 삶의 방식을 모두 버린다. 어쩌면 가장 극적인 변화를 보인 등장인물이 아닐 수 없다. 아름답고 잘생기고 화려한 사물과 사람에 둘러싸여 자란 필리파는 외려 사람의 본질을 볼 줄 알았던 것 같다.

내가 가진 생각을
깨고 나오는 순간

평소 소박한 일상의 아름다움을 새롭게 건져 내는 눈을 가졌던 앤이 길버트를 거절하는 장면은 놀랍다. 하지만 여자들이 삶에 대해 가지는 환상 중 가장 마지막까지 깨기 힘든 환상이 로맨스라는 것을 생각하면 이해가 된다. 어떤 환상은 자기 몫의 환멸을 겪어 봐야 비로소 깰 수 있는 법이다.

하지만 모든 일을 다 겪어볼 수는 없다. 《반지의 제왕》으로 유명한 작가 조지 R.R. 마틴은 소설 읽기가 삶에 가져다 주는 가장 큰 장점을 다음과 같이 말했다.

책을 읽는 사람은 죽기 전에 천 번의 삶을 살아본다. 책을 읽지 않는 사람은 오로지 한 번의 삶만 살 뿐이다.

우리의 삶은 한정적이기 때문에 모든 경험을 다 할 수는 없다. 사람의 선함과 악함, 사람이 겪을 수 있는 최악의 슬픔과 고통, 최고의 기쁨을 다 겪어야 알 수 있는 것은 아니다. 우리는 타인의 삶을 간접적으로 접할 때 그 고통과 슬픔을 절절히 느끼기도 한다. 한강 작가의 《소년이 온다》를 읽으면서 학살당한 친구를 두고 자신만 살았다는 소년의 고통에 읽는 이들도 같이 빙의되는 경험을 하는 것과 같다. 이런 책은 읽고 나면 매우 힘들다. 내 고통이 아닌데(아니라서 한편 안도하면서도) 힘들다.

그렇다면 기쁨은 어떠할까. 앤이 살던 시절 여성에게 로맨스와 이어지는 결혼은 최고의 기쁨이자, 삶의 절정이자, 삶의 완성이었다. 이쩌면 인생의 선택지를 결혼해서 아내와 엄마로 사는 것 외엔 주지 않던 사회에서 집단적으로 행하던 세뇌나 가스라이팅이 아니었을까 싶기도 하다.

수많은 책에서 그리는 최고의 기쁨을 앤이라면 직접 체험하고 싶었을 것 같다. 앤은 좁은 섬에서 책이 주는 환상의 힘, 책이 이끄는 상상의 힘으로 살아오지 않았던가. 좁은 섬에서 일상을 함께한 길버트를 그래서 선뜻 받아들이지 못했는지도 모르겠다. 왠지 반짝이고 빛나는 것은 여기가 아니라 저기에 있

빨강머리 앤이 보낸 편지

을 것 같으니까. 저기에 가 본 사람만이 여기의 소중함을 아는 법이다. 앤은 다른 사람과 약혼을 한 뒤에야 길버트의 가치를 알게 된다.

젊은 영혼일수록 저기로 가보는 일도 중요하다. 돌아오지 못할 만큼 멀리 가지만 않으면 괜찮다. 사실 이전으로 돌아갈 수 있는 관계는 드물다. 설사 잃어버린 관계를 회복하지 못한다고 해도 저기로 가 보는 경험 자체가 중요하다. 여러 관계를 거치는 여정에서 얻은 것이 하나라도 있으면 충분하다. 무엇이 소중한지 알았으니까. 앤은 그렇게 길버트의 가치를 온전히 알고 길버트에게 돌아간다.

… 그 순간 마릴라는 불현듯 깨달았다. 심장을 쥐어

짜는 듯한 두려움 속에서 앤이 자신에게 어떤 의미

인지 뼈저리게 느꼈다. 앤을 좋아한다는 것은, 아니

앤을 정말 아끼고 사랑하는 것은 이미 알고 있었다.

하지만 비탈길을 정신없이 뛰어 내려가면서 마릴라

는 앤이 세상의 그 무엇보다 소중한 존재라는 사실

을 알게 되었다.

앤이 다친 모습을 보고,

마닐라가

〈초록지붕집의 앤〉 23장

빨강머리 앤이 보낸 편지

나를
믿어 주는
단 한 사람

미국에서 삶의 환경이 혹독한 빈민가 고등학교 출신들이 사
회에 나와 어떻게 사는지 알아보는 연구가 있었다. 많은 사람
들이 출신 환경의 제약에서 벗어나지 못했지만, 그중 빈민가에
서 힘들게 자랐어도 사회에서 제대로 자리 잡고 살아가는 소수
도 있었다.

연구자들은 이에 해당하는 수백 명의 사람을 찾아가 어떻게
잘 자랄 수 있었는지를 물었다. 이들 중 절대 다수가 한 고등학
교 출신이었는데, 이들 모두 자신이 잘 자란 이유로 한 선생님
을 지목했다. 그 선생님이 자신을 믿어 주었기 때문에 범죄의
유혹에 넘어가지 않을 수 있었다고 입을 모았다.

나도 학생들을 가르치다가 문득 그런 말을 한 적이 있다.

"여러분, 한 사람만 있으면 돼요. 어른이라고 다 존경스러운 것은 아니고, 부모님이라고 다 제대로 사랑하는 것은 아니에요. 하지만 한 사람만 있으면 돼요. 한 사람을 찾아요. 믿어 주는 한 사람에 대한 믿음으로 자신을 믿어요. 그러면 살 수 있어요. 잘 살 수 있어요. 그리고 크면 누군가에게 그 한 사람이 되어 주는 거예요. 그러면 돼요."

앤의 뒤에 서 있던 두 사람

앤에게는 마릴라와 매슈가 있었다. 이 둘은 원했던 남자아이가 아니었는데도 앤을 받아들였다. 쉬운 결정은 절대 아니었을 것이다. 일꾼으로 삼으려고 찾았던 남자아이 대신 상대적으로 손이 많이 가고 챙겨줄 게 많은 여자아이를 받아들이는 일은, 수십 년간 남매인 두 사람이 살아오던 라이프 스타일을 180도 바꾸는 결정이었다.

처음 마릴라가 앤에게 기도하는 법을 가르친다며 나서는 모습을 보면 마릴라가 정말 꼬장꼬장한 원칙주의자라는 생각이 든다. 하지만 마릴라는 앤이 학교에서 선생님한테 부당한 대접

빨강머리 앤이 보낸 편지

을 받고 다시는 학교에 가지 않겠다고 돌아오자, 앤의 결정을 존중한다. 라즈베리 주스인 줄 알고 다이애나에게 술을 먹인 후 다이애나와 더 이상 놀지 못해 울다 지쳐 잠든 앤의 뺨에 입을 맞춰 주기까지 한다. 마릴라는 아이를 위해 조금씩 자신을 바꾸는 사랑을 보여 준다.

매슈는 늘 앤이 달려와 털어놓는 모든 이야기를 귀담아 들어 주었고, 마릴라가 앤을 교회 야유회에 못 가게 할 때는 불편한 심정을 한껏 드러낸다. 마릴라는 아이를 오냐오냐 키우면 망친다는 입장이지만, 매슈는 어린아이니까 이해해야 한다는 매슈다운 사랑을 보여 준다. 앤을 있는 그대로 바라본다. 세상의 그 어떤 교육보다 아이가 성장하는 데에 있어 중요한 것은 아이의 가치와 꿈과 생각을 있는 그대로 알아주는 일이다. 그저 알아주는 것, 이것만큼 중요한 일은 없다.

누군가에게 꼭 필요한 한 사람

한국의 청소년 자살률은 OECD 국가 중 1위라고 한다. 만약 이 아이들에게 매슈와 마릴라와 같은 한 사람이 있었다면 어땠을까? 그 사람은 꼭 부모로 한정되지 않는다. 선생님, 친구, 주변 사람 누구라도 상관없다. 아니면 한 사람 역할을 해 주는 제도가 아이들을 도울 수도 있다.

한 사람만 있으면 된다는 말에 대한 적절한 반응은, '내게는 그런 한 사람이 있었을까?'가 아니다. 당신이 이미 30대를 넘었다면 이런 질문을 던져서는 안 된다. 스스로에게 "나는 누군가에게 그 한 사람이 되어 줄 수 있는가?"라는 질문을 할 차례다.

안다. 책은 가깝고 쉽고, 사람은 멀다. 책으로 사람에게 공감하고 같이 울기란 참 쉽다. 하지만 실제로 누군가에게 필요한 한 사람이 되기란 몹시 어렵다.

지금 우리는 가난과 결핍을 제도적으로 지워버리는 사회에 살고 있기 때문에, 도움을 필요로 하는 사람을 찾기가 쉽지 않다. 옛날에는 판자촌 같은 거주 구역이 따로 있어서 가난과 곤궁이 어디에 있는지 오히려 알기 쉬웠다. 하지만 지금은 모두가 고시원, 쪽방촌에 한 명씩 분리되어 숨겨져 있다. 이제 가난은 숨겨지고 감춰져 눈에 잘 보이지 않는다. 외로움은 격리되고 고립되어 있다.

과거에는 가난한 이들이 공동체를 이루고 있었지만, 21세기 대도시에는 가난하거나 힘든 사람들은 분리되어서 원자처럼

빨강머리 앤이 보낸 편지

흩어져 있다. 목소리를 내고 말을 거는 일이 그 어느 때보다도 필요하다. 한 마디의 말이, 약간의 관심이 누군가에게는 살아 갈 희망이 되기도 한다.

… 사랑하는 길버트, 어스름밤이에요. (지나가는 말이지만, '어스름'이라는 말 멋지지 않나요? 황혼이라는 말보다 더 좋아요. 더 부드럽고, 더 너울지고 그리고 더 어스름하니까요.) 나는 낮에는 세상에 속해요. 밤에는 잠과 영원에 속하죠. 하지만 어스름밤에 나는 낮과 밤으로부터 모두 자유로워요. 나는 오로지 나 자신에게만 그리고 당신에게만 속하니까요. 그래서 나는 이 시간을 성스럽게 지켜서 당신에게 편지를 쓰려고 해요.

앤이 길버트에게

<바람 부는 포플러나무집의 앤> 1장

빨강머리 앤이 보낸 편지

누군가를
떠올리는
시간

〈바람 부는 포플라나무집의 앤〉에서 앤은 서머사이드에서 교장으로 근무하는 동안 의대 수업을 듣고 있는 길버트에게 끊임없이 편지를 보낸다. 이 편지가 첫 편지이다. '그냥 당신을 사랑해요'라고 말하는 것보다 훨씬 마음을 휘젓지 않는가.

'어스름'은 조금 어둑어둑한 저녁을 가리키는 말이다. 해가 질 무렵을 가리키는 아름다운 우리말이 무척 많다. '땅거미'는 해가 진 뒤 어스레한 때를 말하고, '해거름'은 해가 서쪽으로 넘어가는 때를 말한다. 해가 진 뒤 어스레한 동안을 가리키는 '박모'라는 말도 있고, 해가 진 뒤의 어스레한 빛을 부르는 '석훈'이라는 말도 있다.

앤은 이 시간이 가장 좋다고 말한다. 생각해 보면 오전은 싱그럽게 모든 것을 깨운다. 풀어졌던 나사를 조이며 제법 바쁘게 하루가 돌아간다. 이 시간 동안 일하는 이들은 앞을 보며 밀고 나간다. 오후는 노곤하다. 세상이 뉘엿뉘엿, 그렇지만 여전히 돌아간다. 말들이 오고 가고, 몸을 움직이고, 먼지가 일고, 소리가 올라온다.

감각이 깨어나는
시간

밤은 고요하고 깊고 신비하다. 때론 낮에 묻혔던 감정이 솟구쳐 올라 뒤척이거나 서성이기도 하는 시간이다. 어두운 숲속에서 동물들이 빛에 반사되는 눈을 깜박이듯 내면의 동물 같은 본성이 깨어나기도 하는 시간이다.

1930년대가 되어서야 유럽과 북미 지역에 전기가 제법 보급되었으니, 그 이전의 시대에 밤은 정말 칠흑같이 어두웠을 때이다. 그래서 그런 어둠이 온전히 내려오기 전의 어스름밤이 더욱 크게 다가왔을 것 같다. 지금은 밤늦도록, 새벽까지도 많은 이들이 깨어 있는 게 당연해서 오히려 '잠과 영원' 같은 밤을 잘 모른다.

빨강머리 앤이 보낸 편지

어스름 혹은 어스름밤은 비로소 낮 동안 세상의 분진이 가라앉는 시간이다. 세상에서 눈을 돌려 다시 내면으로 눈을 돌리는 순간이다. 그래서 이 시간만큼은 온전히 자신의 시간이라고 앤은 말하고 있다. 그래서 전깃불이 없어서 칠흑 같은 어둠이 내려앉기 전, 하지만 세상의 분진이 가라앉은 시간이 어쩌면 사랑하는 이를 생각하기에 가장 좋은 시간일지도 모르겠다.

낮 동안 감고 있었던 내면의 눈이 서서히 눈을 뜬다. 내면을 찬찬히 살펴본다. 그러면 내 속에서 가장 많은 부분을 차지하고 있는 사람이 거대한 보름달처럼 마음속에서 떠오른다. 옆에 없어서 그 존재감이 더 사무치는 당신이 떠오른다. 비로소 어둠 속에서 달로 떠오르는 시간이다.

앤이 어스름한 밤에 길버트에게 첫 편지를 쓴 것도 이런 이유 때문이 아니었을까.

어스름한 밤에
할 수 있는 것들

내게 어스름은 더듬이를 펼치는 순간이다. 볼거리, 들을 거리, 만질 거리, 먹을거리, 맡을 거리가 많아서 온통 북적이던 낮이 지나 감각을 혼란스럽게 하던 많은 활동이 잦아들어야, 똘똘

말아 숨겨두었던 더듬이를 펴고 눈을 감는다. 내 안테나인 더듬이를 펼치고, 세상이 보내는 작은 신호, 세상의 큰 소리에 묻혔던 소리를 수신하는 때가 바로 어스름이다.

중요한 일, 큰 일은 낮에 해치운다. 어스름이 되면 터덜터덜 걸어 집으로 돌아온다. 아침에는 이렇게 걷지 않는다. 터덜터덜 걸어야 주변을 비로소 둘러볼 수 있다.

어둠이 시작되면 환한 빛에서 잘 안 보이는 존재들이 그림자를 드리우며 지나간다. 낮에 길고양이들은 사람 눈에 띌까 몸을 웅크리고 잽싸게 지나가지만, 정작 어둠이 짙게 깔리는 밤에 고양이들은 사자처럼 싸우며 돌아다닌다.

하지만 어스름에는 다르다. 어스름밤부터는 그림자를 길게 끌고 천천히 다닌다. 어스름에 조심스럽게 걸어서 수풀 사이로 쏙 들어가는 고양이의 모습은 마치 그 꼬리로 책갈피를 접은 뒤 갈피끈을 끼우는 것 같다. 이 모습을 보면 비로소 안심되고, 길고양이조차 안녕하게 오늘 하루치 삶을 살아냈다는 생각이 든다.

어스름한 밤이 온전히 당신만의 시간, 갈피끈을 끼워 하루치 삶을 잘 접어두는 순간, 온전히 누군가를 그리워하는 시간이었

빨강머리 앤이 보낸 편지

으면 좋겠다. 잠시 머뭇거리며 낮과 밤 사이에 쉼표를 찍고 살
면 좋겠다.

앤이 우리에게 보낸 편지를
읽고 쓰고 되새겨 보세요.

마릴라는 앤을 부드러운 눈빛으로 바라보았다. 벽
난로의 불꽃이 빛과 그림자를 드리우며 부드럽게
일렁이고 있었다. 더 밝았으면 절대 볼 수 없었을
눈빛이었다. 말과 속이 다 보이는 표정으로 쉽사
리 드러나는사랑이라는 덕목은 마릴라가 결코 배
울 수 없는 사랑이었다. 하지만 마릴라는 드러내
보이지 않기 때문에 더 깊고 강한 애정으로 이 마
른 회색 눈의 소녀를 사랑하게 되었다.

빨강머리 앤이 보낸 편지

단짝 친구요, 정말 친한 친구요. 가장 깊은 속내도 털어놓을 수 있는 정말 비슷한 영혼을 가진 친구 말이에요. 저는 평생 그런 친구를 만나기를 꿈꿔 왔어요. 그럴 수 있을 거라 정말로 믿어 본 적은 없지만, 제가 꾼 멋진 꿈들 중 많은 일들이 한번에 이루어졌으니 아마 이 꿈도 이루어지지 않을까요?

사랑하는 길버트, 어스름 밤이에요. (지나가는 말이지만, '어스름'이라는 말 멋지지 않나요? 황혼이라는 말보다 더 좋아요. 더 부드럽고, 더 너울지고 그리고 더 어스름하니까요.) 나는 낮에는 세상에 속해요. 밤에는 잠과 영원에 속하죠. 하지만 어스름밤에 나는 낮과 밤으로부터 모두 자유로워요. 나는 오로지 나 자신에게만 그리고 당신에게만 속하니까요. 그래서 나는 이 시간을 성스럽게 지켜서 당신에게 편지를 쓰려고 해요.

빨강머리 앤이 보낸 편지

우리를 설레게 한 앤의 문장들

....
....
....
....
....
....
....
....
....
....
....
....
....

인생은 정말
아름다운
모험이에요

… 희극과 비극은 삶에 섞여 있어요, 길버트. 50년을

함께 살면서 서로를 증오했던 부부 이야기가 머리에

서 떠나지 않아요. "증오는 길을 잃은 사랑일 뿐이다"

라고 누군가 말한 적이 있어요. 그 부부는 겉으로는

증오했어도 실제로는 사랑했을 거라 믿어요. 마치

내가 당신을 미워했던 그 긴 세월 동안 실제로는 사

랑했던 것처럼요. 그 둘은 죽으면서 알게 되겠지요.

나는 살아서 알게 되어서 기뻐요.

어떤 부부 이야기를 듣고,

앤이 길버트에게

〈바람 부는 포플러나무집의 앤〉 6장

빨강머리 앤이 보낸 편지

인생은
한 편의
희비극이다

〈바람 부는 포플러나무집의 앤〉에서 앤은 우리 삶이 희비극이라고 말하고 있다. 실제로 희비극이라는 장르가 문학에 존재한다. 대표적인 작품으로는 셰익스피어의 《베니스의 상인》이나 안톤 체홉의 《벚꽃 동산》이 있다. 희극와 비극의 요소가 섞여 있는 드라마에 이 표현을 쓴다. 우리 삶에도 희극과 비극의 요소가 섞여 있기 때문에 삶을 희비극이라고 하는 게 맞는 표현 같다.

내게는 희극이냐 비극이냐 하는 문제는 거리의 문제로도 보인다. 멀리서는 비극으로 보여도 가까이서 현미경이라도 대고 들여다보면 희극이지 않을까 싶은 순간이 있지 않은가. 〈에이번리의 앤〉에 나오는 라벤더도 실연의 고통을 치통에 비유했다.

> 현실의 실연은 책에서 그리는 것처럼 끔찍하지 않아. 그다
> 지 낭만적인 비유는 아니지만 흡사 충치 같은 거지. 아파서
> 이따금 통증이 우루루 몰려오는 시간이 있고 밤에 잠을 설
> 치기도 하지만, 그렇지 않은 때에는 아무렇지도 않은 양 삶
> 과 꿈과 메아리와 땅콩 사탕을 즐기니까.

  라벤더는 젊은 시절 연인인 스티븐 어빙의 청혼을 허영심과
치기로 거절한다. 이후 라벤더는 25년 동안 결혼하지 않는다.
부모님이 모두 돌아가시자 혼자 남아서 살림을 도와주는 도우
미 한 명과 함께 집 밖으로도 잘 나오지 않고 혼자 살아간다.
  에이번리 마을에서 라벤더는 엄청난 비련의 주인공으로 자
리매김되어 있다. 남들은 라벤더가 약혼이 깨진 후 그저 상심한
노처녀로 두문불출하며 살고 있다고 생각하지만, 정작 라벤더
는 배가 고프면 밥을 먹고, 밖에 나가 메아리와 대화하고, 맛있
는 캔디는 참을 수 없다며 마음껏 먹으며 산다. 마치 치통처럼
멀쩡할 때는 괜찮다가 통증이 몰려오는 주기에는 감싸고 누워
아무것도 못할 뿐이다.

빨강머리 앤이 보낸 편지

아주 힘든 일이 생길 때도 졸리면 자고, 문득 배가 고프면 먹는 자신을 보면서 내 인생은 희극인가 갸웃거려 본 적 다들 있지 않을까? 또는 정말 진지하고 극적이어야 하는 순간, 예를 들면 진지하게 사랑을 고백하는 순간에 상대의 코털이 너무 거슬려 몰입할 수 없는 상황을 상상해 보자. 이런 일은 굉장히 우습지만 동시에 굉장히 슬프다. 희극과 비극이 섞인 것 같은 오묘한 기분을 느끼기도 하는 게 우리 모두의 인생이 아닐까.

인생에서
나를 단단히 잡아 주는 것

현실의 무게는 무거울 때만 힘든 게 아니다. 오히려 가벼워서 힘든 순간도 많다. 의미가 있어야 하는데 인생에 아무런 의미가 없을 때, 헛되이 시간이 그냥 지나갈 때, 정말 열심히 어떤 일을 했는데 아무런 소득이 없을 때, 그때 느껴지는 가벼운 인생의 짐도 감당해야 한다. 이럴 때 무게 추가 필요하다. 의미 없을 때 단단히 잡아 주는 그 무언가가 말이다.

〈앤의 꿈의 집〉에서 장애인이 된 남편을 12년간 혼자 병간호하며 살아온 레슬리는 바닷가 산책과 등대를 지키는 짐 선장과의 우정을 무게 추로 삼아 살아간다. 짐 선장은 젊은 시절 연인이 허무하게 파도에 휩쓸려가 시체도 찾지 못한 채 영영 잃은 후, 결혼하지 않고 홀로 죽을 때까지 산다. 그러면서도 이웃의 부부들이 행복하게 사는 모습을 응원하고 지지해준다.

짐 선장은 이야기의 힘을 무게 추로 삼고 산 것 같다. 자신의 일생의 모험담을 잊지 않고 되새기고 되새기다가 누군가 그 이야기를 책으로 써 주기를 기다린다. 그 책이 출간되어 자기 손으로 쥔 다음 날 기다렸다는 듯이 눈을 감는다. 자기 삶의 이야기를 남기겠다는 믿음이 실현되자 무게 추를 내려놓고 떠난다.

난 이 무게 추를 '내 삶의 닻'이라고 부른다. 내가 해파리처럼 떠돌지 않도록 날 이 삶에 단단히 잡아 주는 것. 가장 나를 잘 붙들어 주는 닻은 꼬물거리는 생명체들이다. 어린 아기, 강아지 그리고 고양이 같은 작은 생명체들. 먹이고 씻기고 놀아주느라 정말로 손이 많이 가지만, 내가 없으면 살아갈 수 없는 존재가 생기면 이 삶에 단단히 발을 딛고 서게 된다.

마음속에 따뜻하고 작고 꼬물거리는 느낌이 살아나면 더 이상 어떤 삶도 가볍지 않고, 어떤 삶도 무겁지 않다. 그래서 전에는 애완동물이라 부르던 존재를 이제는 반려동물이라고 부르고, 더 나아가 우리가 그 존재에게 기대어 사는 '집사'가 되는지도 모르겠다.

빨강머리 앤이 보낸 편지

여전히 삶은 희비극이 섞여 있을 테지만, 우스꽝스러운 순간이나 비참하고 절망스러운 순간에도 무게 추를 잃지 않으면 희극도 비극도 언젠간 지나간다. 내게 주어진 잔을 끝까지 마시면 된다. 불교식으로 말하자면, 그래야 이번 삶의 카르마(업보)를 다 풀 수 있다.

… 삶은 내게 베푼 것보다 빚진 게 더 많아요. 그래서

이제 그 빚진 돈을 받으러 가려고요.

자신의 길을 찾아 떠나기로 결심하고,

캐서린이 앤에게

<바람 부는 포플러나무집의 앤> 13장

빨강머리 앤이 보낸 편지

여성으로
사는 일에
대하여

　앤 시리즈 중 〈바람 부는 포플러나무집의 앤〉은 발간 순서상
으로는 일곱 번째 책이지만, 시간 순으로 정렬하면 네 번째 책
이다. 〈레드먼드의 앤〉 이후 앤과 길버트의 신혼 생활을 그린
〈앤의 꿈의 집〉 사이, 길버트가 의대를 다니는 3년 동안 앤은
서머사이드의 한 고등학교에서 교장을 맡아 일한다. 이 3년의
시기를 이후에 채워 넣으며 쓴 책이다.

　이 책에서 가장 극적인 변화를 보인 사람은 앤의 동료 교사이
자 부교장인 캐서린 브룩이다. 처음에는 매우 비호감인 모습으
로 등장한다. 모든 사람과 거리를 두고 홀로 지내며, 끔찍한 패
션 감각에 자신을 꾸밀 줄도 모르고, 돈을 아끼기 위해 지독한

환경의 하숙집에서 지내는 독신 여성으로 그려진다. 앤에게도 적대심을 보이고, 앤의 낙관주의를 철모르는 소리로 치부하며 꼿꼿하고 가난하게 살아가는 여성으로 나온다.

우리는 보통 이 정도로 방어벽을 치고 가시를 내보이는 사람과 멀찍이 거리를 두려고 한다. 하지만 앤은 다가간다. 작가의 입장에서, 더구나 여자 작가의 입장에서 이런 등장인물을 만들면 도저히 그냥 둘 수가 없지 않을까 싶다. 오히려 환상을 꿈꾸는 몽상가들만 만들어 냈다면 《빨강머리 앤》의 매력이 반으로 줄어들 것 같다. 캐서린 같은 등장인물이 있어서 책은 강력한 힘을 얻는다.

어설프게 배우고 아는 슬픔

19세기와 몽고메리가 《빨강머리 앤》을 썼던 20세기 극 초반에 여성이 가질 수 있는 직업은 매우 제한적이었다. 상류층 여성들은 먹고살 걱정을 할 필요는 없었으나 자기 재산에 대한 재산 행사권이 없었고, 하층 계급 여성들은 몸을 써서 일하는 여러 직업(하녀, 침모, 행상, 유모, 매춘부)이 있기는 했다(이중 매춘부가 가장 고소득이었다).

그리고 또 하나 남은 직업이 바로 가정교사다. 오로지 가정교사뿐이었다. 가정교사를 하는 여성들은 어설프게 교육은 받았으나 어중간한 사회적 지위에 있는 계층의 여성들로, 지참금이 없어서 결혼할 수도 없었고(상류층 여성들이 지참금을 가지고 시집을 갔다) 오로지 가정교사로 사는 것 외엔 다른 일을 할 기회가 없었다.

차라리 아무것도 안 배웠으면 속이라도 편했을 텐데 이들은 어설프게 배워서 세상의 불의를 알았고, 평생 가지 못할 이국의 해안과 숲에 대해 읽고 알았다. 모드 역시 빅토리아 시대보다 이후라 그나마 학교 선생님이라는 직업으로 살 수 있었지, 그보다 이전이었으면 가정교사 외에 돈을 벌 수단을 찾지 못했을 처지였다. 이러한 상황은 《제인 에어》,《아그네스 그레이》 같은 작품, 브론테 자매와 조지 엘리엇 같은 작가들이 쓴 소설의 여성 등장인물만 봐도 잘 알 수 있다.

교육은 받았되 가정교사 외엔(그리고 작가가 되는 일 외엔) 할 일이 없었던, 그래서 글을 썼던 여성들의 입장을 몽고메리가 몰랐을 리가 없다. 심지어 이때는 남편이 죽으면 그 재산은 부인이 아닌 가장 가까운 남자 인척에게 돌아갔다.

〈에이번리의 앤〉에서는 고작 열 살밖에 안 된 앤의 학생, 마저리 화이트가 장래 희망이 과부라고 말하는 구절이 나온다. 그 이유를 물으니 마저리는 이렇게 답한다. 결혼하지 않으면 노처녀 취급을 받으니 싫고, 남편이 있으면 이래라저래라할 테니 싫다고. 하지만 과부가 되면 노처녀라는 불명예에서 벗어나는 데다 지배하려 드는 사람도 없이 마음 편하게 살 수 있다고. 모드는 계속 그 시절 사회 상황을 우리에게 전달하고 있었다.

누군가의 호의가 변화를 이끌어낸다

넉넉지 않은 집안에서 할아버지의 극심한 반대로 힘들게 공부한 몽고메리는 돈이 없어서 대학은 1년밖에 다니지 못했다. 몽고메리는 어려운 삶을 홀로 견디는 캐서린 같은 캐릭터를 만들어서 자신은 경험하지 못한 밝은 미래를 주고 싶었던 게 아닐까.

앤이 굽은 모퉁이 길에 대한 자신의 낙관론을 펼치자, 처음에 캐서린은 비웃는다. 당신 삶에는 심장 쫄깃한 일들이 기다리는 모퉁이들이 있었을지 모르나, 자신의 삶은 언제나 끝이 보이는 죽 뻗은 단조롭기 그지없는 하나의 길만 있었다고 이야기한다. 가난하고, 아름답지 않고, 도와주는 가족 하나 없는 여성의 삶

빨강머리 앤이 보낸 편지

에 오로지 하나의 길만이 앞에 있는 것 같은 그 절망감을 앤이 모를 리가, 몽고메리가 모를 리 없다.

하지만 캐서린은 앤의 초대를 받아 초록지붕 집에서 며칠을 묵은 뒤 놀라울 만큼 변한다. 환대해 주는 공동체를 경험하고, 사람을 있는 그대로 받아 주며 안아 주는 자연을 경험한 뒤 변한다. 누군가의 사소한 호의가 누군가를 변하게 한다.

앤이 길버트와 결혼하기 위해 떠날 때, 캐서린은 저축해 둔 돈을 들고 레드먼드 대학에 진학해 비서과에 입학한다. 이때 캐서린이 앤에게 하는 말은 너무도 감동적이다.

삶은 내게 베푼 것보다 빚진 게 더 많아요. 그래서 이제 그 빚진 돈을 받으러 가려고요.

캐서린은 삶이 자신에게 얼마나 가혹했는지 안다. 이제 삶에서 누려보지 못한 것들을 적극적으로 찾아 나서겠다고 나선다. 자신의 불행에 갇히고 타인의 호의에 대해 자신을 가두고 살던 여성이 이렇게 변한다.

그리고 나중에 들려온 캐서린의 소식은 이렇다. 캐서린은 졸업 후 세계여행가의 비서가 되어 온 세계를 누빈다. 세계여행가는 지금은 직업이라고 할 순 없지만, 당시에는 재산이 있고 호기심이 많은 사람 중 일부가 이를 직업으로 삼았다. 케서린은 세계여행가의 비서가 되어서 대부분의 여자가 꿈만 꿀 수 있었던 낯선 나라의 해변을 밟아 보는 삶을 산다. 정말로 멋진 변화가 아닐까 싶다.

이 책을 북클럽 사람들과 함께 읽었을 때, 특히 주변 사람들이 끊임없이 옥신각신 투닥거리고 다독이며 살아가는 이야기가 많이 나오는 〈바람 부는 포플라나무집〉을 읽었을 때, 그런 이야기를 했다. 다른 사람들에 대해 말하기를 즐기는 게 인간의 본성이고, 나의 단점을 보는 것보다 다른 사람의 단점을 헐뜯는 게 훨씬 더 쉬운데, 앤 시리즈 책에서는 어떻게 모든 사람을 이렇게 정답게 바라보는지 모르겠다고. 빌런조차도 귀엽거나 우습거나 이해할 만하게 그려진다고.

사실 대부분의 평범한 사람을 괴롭게 하는 것은, 살인과 폭력보다는 뒷담화와 오해와 질투와 시기 같은 사소한 악의다. 그런 악의에 허우적거리면서 자신과 주변인의 삶을 온통 칙칙하게 만들기가 훨씬 쉬운데, 어떻게 모드는 끝까지 사람에 대한 애정을 잃지 않았을까. 최악의 비호감으로 보이는 사람조차도

극적으로 변화하는 가능성을 끝까지 놓지 않는 점, 이게 바로 모드의 위대한 점이 아닐까 싶다.

… 아, 그런 게 인생이었다. 기쁨과 고통, 희망과 두려움 그리고 변화. 언제나 모든 것이 변한다. 그것은 어쩔 수 없는 일이었다. 오래된 것은 놓아주고 새로운 것을 마음에 받아들여 사랑하는 법을 배운 후 또 놓아줘야 한다.

길버트가 왕진을 나간 밤,
홀로 앉은 앤이

<잉글사이드의 앤> 33장

빨강머리 앤이 보낸 편지

아이의
눈으로
바라본 세상

　첫 아이 젬을 낳고 얼마 후 길버트와 앤은 마을 중심부의 저택으로 이사한다. 이 집을 '난롯가'라는 뜻인 '잉글사이드'라고 이름 짓고 더 많은 아이들을 낳아 대가족을 꾸린다. 셈, 월터, 낸과 디 쌍둥이, 셜리 그리고 막내 릴라까지 이렇게 여섯 아이를 둔다.

　〈잉글사이드의 앤〉은 1939년에 집필되어서 처음 〈초록지붕 집의 앤〉이 나온 후 시리즈 중 가장 마지막으로 세상에 나왔다. 작품 속 앤은 이제 삼십 대 중반에서 마흔 살 정도가 되었고, 작가인 모드는 출간하던 해에 무려 예순네 살이었다.

아이가 세상을 보는 눈은
특별하다

이제 책의 초점은 앤이 아닌 아이들에게로 옮겨 간다. 앤의 아이들이 자라며 팔딱거리는 모습이 정말로 강렬하게 다가온다.

영화 〈허(Her)〉에서 테오도르가 인공지능인 사만다와 만나 다시 강렬한 감정을 경험하며 기뻐하는 장면을 보면서 저 감정은 아이를 키우는 부모가 아이에게 느끼는 감정이지 싶었다. 세상을 처음 보는 사만다 덕분에 세상을 새롭고 경이롭게 체험했다고 테오도르가 말하는 장면이 있는데, 그게 바로 아이를 키우며 부모가 누리는 축복이다. 아이의 시선으로 세상을 다시 보게 되는 일. 당연한 세상의 사물 하나하나를 경이로워하는 아이를 통해 경이로워할 수 있는 능력을 되찾는 축복.

아이가 세상을 보는 눈을 함께 공유할 때 우리는 일상을 무의미하게 보내지 않고 사소한 것들을 건져 올려 빛나는 의미를 부여할 수 있다. 〈잉글사이드의 앤〉은 그런 아이들 모습이 나온다. 앤이 아이를 낳는 동안 지인 집에 맡겨진 어린 월터가 엄마가 죽는 줄 알고 혼자 밤에 수 킬로미터를 걸어 집까지 돌아오는 일, 거짓말을 하는 친구에게 속는 낸과 디의 이야기들이 이어진다.

부정적인 마음은
더 쉽게 전달된다

이때 매리 마리아 블라이스(길버트의 5촌 아주머니)라는 비호감의 친척이 등장한다. 예정보다 훨씬 오래 잉글사이드에 머물며 독설과 비판과 냉소로 일상을 파괴하는 모습이 그려진다.

하지만 역설적으로 매리 마리아 블라이스의 존재 덕분에 앤과 가족들은 잉글사이드의 일상이 얼마나 소중한지 새삼 깨닫는다. 단 한 명이 그 자리의 분위기를 밝게 만들 수 있는 것처럼, 단 한 명이 수많은 사람들의 일상을 쉽게 망칠 수 있다는 점이 놀랍다.

매리 마리아 블라이스는 길버트와 앤이 아이들이 말을 안 들어도 웃으며 아이들을 말리는 모습을 보고는 "나 어릴 때 같았으면 죽도록 채찍질 당했을 텐데"라고 말하는 사람이다. 또 첫째아이 젬이 행방불명되어서 안절부절못하며 아이가 혹시 연못에 빠졌을까 걱정하는 앤에게 "제임스(젬)가 물에 빠져 죽었어도 슬퍼하지 말고, 이 비참한 세상에서 겪을 고생을 덜었다고 생각하렴"이라 말하는 사람이다.

원래 위에 있는 사람을 끌어내리기는 아주 쉽지만, 아래 있는 사람을 끌어올리기란 몹시 어렵다고 한다. 마찬가지로 부정적인 말과 감정을 감염시키기란 매우 쉽다. 툭 내뱉는 말 한마디면 충분하니까. 하지만 늘 투덜거리고 흠을 찾는 사람을 변화시키는 일은 오래 힘들여 인내하며 감내해야 하는 수고가 들고, 참으로 힘에 부친다.

목사 부인으로 살았던 모드는 온갖 사람들의 시선에 늘 선한 외양을 유지하며 사람들을 받아 주고 그들의 말을 들어야 하는 처지였다. 그러면서 보게 되는 사람들의 사소한 악의에 무수한 상처를 받았을 게 틀림없다. 그럴 때 아이들을 돌보기로 결심하며 시선을 돌리는 일이 모드에게 구원이 되었을 것이다.

앤의 아이들 중 가장 눈이 가는 아이는 둘째 아들 월터이다. 성정이 예민하고 감수성이 풍부한 아이라 조용히 책을 읽으며 지내는 걸 좋아해서, 남자아이들 사이에서는 여자 같다고 놀림을 받는다. 하지만 주변의 모든 것, 바람과 서리와 달이 모두 살아서 이야기를 한다고 생각하는 월터는 자연뿐 아니라 사람들의 마음을 읽고 이에 반응하는 드문 자질을 가진 아이이다.

바람은 왜 행복해하지 않아요, 엄마?

이런 질문을 하는 월터에게 앤은 대답한다.

시간이 시작된 이후 세상의 모든 슬픔을 기억하고 있기 때
문에 그래.

이 아이는 시인으로 큰다. 곱고 예민한 성정을 가진 아이가
남자로 크는 일은 곱고 예민한 성정을 가진 아이가 여자로 크
는 일보다 몇 배는 더 힘들다. 곱게 행복한 가정에서 자라도 일
개 인간은 거대한 역사의 수레바퀴에 말려 들어가면 처참하게
부서질 수 있다. 월터는 그래서 마음에 자꾸 걸리는 존재다. 월
터가 살 수 없는 세상이라면 이 세상에 약하고 순수한 존재는
아무도 살 수 없을 테니까.

… 아름답고 고운 생각은 마음속에 보물처럼 간직하는 게 더 좋아요. 이런 생각들이 사람들이 비웃거나 갸웃거리는 게 싫어요. 그리고 어째서인지 거창한 말들을 더 이상 쓰고 싶지 않아요. 이제 하고 싶은 말은 해도 될 정도로 컸는데 정작 하고 싶지 않다니 안타까운 일이지요. 여러 가지로 거의 다 큰 것은 즐거운 일이기는 해요. 하지만 제가 예상했던 즐거움은 아니에요.

말수가 줄었다는 말을 듣고,
앤이 마릴라에게

<초록지붕집의 앤> 31장

빨강머리 앤이 보낸 편지

앤처럼
생각하고
행동하기

　앤이 성장하는 과정을 보면 읽기와 쓰기가 사람을 어떻게 키우는지를 볼 수 있다. 갓 읽기 시작해서 현실과 허구의 세계를 잘 구분하지 못하던 시기, 앤은 거창한 단어를 남발하며 마치 그 거창한 단어들이 볼품없는 현실을 가려 준다고 믿고 살았다. 그리고는 그런 말을 쓰지 말라는 마릴라의 말에 이렇게 응수했었다.

　사람들은 제가 거창한 말들을 쓴다고 절 비웃어요. 하지만 큰 생각을 표현하려면 거창한 말들을 쓸 수밖에 없잖아요. 안 그래요?

어쩌면 맞는 말인 것도 같다. 말밖에 가진 게 없는 아이는 말로 자신을 포장할 수밖에 없다.

어릴 때 부모에게서 담뿍 사랑받고 자라서 자존감이 높은 아이들은, 마치 뱃속 깊숙이 무게 추 역할을 해 주는 단단한 빛덩어리를 품고 있는 것처럼 보인다. 든든하고 안정적인 애정이 뒷배인 아이들의 흔들리지 않는 모습 앞에 서면 왜 그렇게 스스로가 초라해 보였는지 모르겠다.

나도 책에서 읽은 여러 모습으로 나를 꾸몄다. 내게는 남들에게 없는 비밀의 열쇠가 있다고 생각했다. 내게는 황금 열쇠가 있어서 이걸로 문을 열고 들어가서 나 혼자 누리는 찬란한 정원 같은 세계가 책 속에 있다고 믿었다. 그래서 열한 살의 앤이 거창한 말을 쓰는 이유를 너무 잘 이해할 수 있었다. 그것밖에 가진 게 없는데, 그것만이 나의 존재감을 다져주는 수단인데.

진짜 보물은
내보이지 않는다

퀸즈 학교 입학 준비를 하면서 앤은 키도 크고 눈빛도 잠잠해지도 말수도 줄어든다. 그런 앤을 보며 마릴라는 뿌듯하기도 하고 서운하기도 하다.

내면이 텅 빈 사람들이 밖에 무언가를 내보이는 법이다. 자기 중심에 무게 추가 없던 어린 앤은 그랬지만, 안정적이고 변함없이 믿어 주고 지켜봐 주는 사랑을 받은 앤은 이제 내면으로 눈을 돌린다. 정말로 소중한 것은 함부로 까발리지 않는 법을 배우고, 자신이 아직 작은 존재라서 배우고 해볼 게 많다는 것도 안다. 세상이 말만 앞세워 끼어들 수 있을 만큼 만만하지 않다는 것도 안다.

'보물처럼 지킨다'라는 말은 이제 내면에 보물처럼 소중한 것들이 생겼다는 뜻이다. 진정한 자기애는 자신을 지키고 남들과 거리를 지킬 줄 아는 법이다. 자기를 사랑하지 못하는 이들, 내면의 결핍을 혼자 어쩌지 못하는 이들이 남들에게 쉽게 달려가고, 좋은 사람인지 아닌지 미처 알아보기도 전에 성급하게 관계로 뛰어들며 파괴적인 관계를 거듭하는 법이다.

이제 지키는 아이가 된 앤은 내면의 보물을 지키기 위해 자신을 지키고 거리를 지킨다. 그리고 한때에는 전부였던 말, 거창하게 자신을 포장하던 말을 데려와 자기 품속에 끌어안는다. 한때 자신보다 큰 말을 부리던 어린아이는 이제 말보다 큰 사람이 되었다. 이렇게 말과 글에 끌려다니던 어린아이는 자기 말과 글을 가진 청년으로 자란다.

… 여름 해질 무렵 이슬이 듣고 오래된 별들이 고개를 내밀고 바다가 사랑하는 작은 땅과 거듭 만나는 때에 프린스 에드워드 섬의 해변이나 들판이나 굽이 도는 붉은 길을 걸어보아야 평화가 무엇인지 알 수 있어.

프린스 에드워드 섬의 풍경을 보고,

앤이 릴라에게

〈잉글사이드의 릴라〉 35장

빨강머리 앤이 보낸 편지

나만의
섬을
찾아서

앤 시리즈를 읽으며 개인적으로 가장 마음에 들었던 풍경은
〈앤의 꿈의 집〉에서 짐 선장이 혼자 지키던 등대와 그 아래 해
안이었다. 그래서 실제 모델이 된 프린스 에드워드 섬의 등대
가 어떤 것인지 알고 싶어 한참 인터넷을 뒤지기도 했다.

해안가에 안개가 자욱하게 끼고 이 안개 속에서 머리를 다
쳐 바보가 된 남편을 12년째 간호하는 레슬리가 혼자 앉아 있
는 풍경 역시 매혹적이었다. 신혼의 앤은 이 안개 낀 해안가에
서 혼자 춤을 추다가 레슬리와 제대로 마주하는데, 마치 모드
내면의 두 존재가 녹아드는 장면 같아서 가슴이 저려오기도 한
다. 이건 마치 《제인 에어》의 제인과 미친 로체스터 부인 버사

가 아래 위층에 방을 두고 서로 오버랩되는 장면과 비슷하다.

나만의 섬이
나에게 주는 것

오랜 간병으로 지쳐 저녁에 잠시 안개 속으로 숨을 돌리러 나오는 레슬리와 꿈꾸던 이상적인 결혼 생활을 시작한 앤은, 정신병으로 고통받는 남편을 돌보던 모드와 꿈꾸고 소망하던 결혼에 대한 이상이 남아 있는 모드의 모습으로 읽힌다. 그래서 슬픔과 기쁨을 모두 한통속으로 묶는 안개가 피어오르는 해안은 매혹적이다. 결국 슬픔과 기쁨이 반대말이 되는 게 아니라, 하나로 맞물리기 때문이다.

또 등대가 있는 곳(串)을 따라 이어진 만이 겨울이 오면 얼어붙고, 이 얼어붙은 바다를 썰매를 타고 사람들이 달린다고 한다. 이 이미지가 얼마나 강력한지, 바다조차 얼어붙는 강추위 속을 딸랑딸랑 방울을 울리며 썰매를 타고 달리던 사람들의 입에서 뿜어져 나오는 더운 입김과 빨개진 볼이 계속 떠올랐다.

그러면서 사람들의 생명력에 감탄하지 않을 수 없었다. 모진 추위에도 썰매를 타고 얼어붙은 바다를 달리던 생명력으로 사람들은 신대륙에 정착해 거친 삶을 꾸려왔지 싶다. 오늘날 우울하고 무기력한 영혼들은 저렇게 썰매를 달리는 사람들의 생기가 너무도 부러울 것 같다.

안개 낀 바다를 밝히는 등대의 불빛, 얼어붙은 바다를 썰매를 타고 달리는 생명력, 이런 풍경은 우리를 살게 만든다. 삶의 무게에 지친 나도, 삶에 대한 꿈을 버리지 못하는 나도 함께 살 수 있다. 내 안에서 등대의 불빛을 보고, 때론 얼어붙은 바다를 사람들과 함께 달리며 그렇게 삶은 계속되는 법이다.

〈앤의 꿈의 집〉에 나왔던 프린스 에드워드 섬의 풍경이 아기자기하고 올망졸망하게 아름다운 〈초록지붕집의 앤〉 속 풍경보다 좋았던 이유다.

앤에게
메이플라워란

올망졸망하게 아름다운 프린스 에드워드 섬에서 마음에 드는 요소를 또 꼽으라면, 연인의 오솔길이나 환희의 길보다도 메이플라워 꽃을 꼽을 것 같다. 앤이 마릴라에게 한 말 때문이다.

"메이플라워 꽃이 없는 세상에서 사는 사람들은 참 안됐어요." 앤이 말했다. "다이애나는 그 사람들에겐 아마 더 나은 꽃이 있을 거래요. 하지만 메이플라워 꽃보다 나은 꽃이 있을 수 있나요, 마릴라? 또 다이애나는 메이플라워가 어떤 꽃인지 모르면 없어서 아쉬워하지도 않을 거예요. 하지만 전 그 부분이 가장 슬프다고 생각해요. 메이플라워 꽃이 어떤지도 모르도 아쉬워하지도 않는다면 비극적인 일일 거예요, 마릴라."

메이플라워가 없는 세상에서 사는 사람들은 불행할 거라는 앤의 말이 너무도 마음에 와닿는다. 객관적으로는 다이애나의 말이 맞다. 메이플라워가 없는 곳에 사는 사람들은 메이플라워를 모르지만, 못지않게 혹은 더욱더 아름다운 꽃들을 알고 아끼고 행복해하며 살아갈 수도 있다.

하지만 앤의 이 말은 '별을 보아 별자리를 만드는 사람의 마음'이다. 오래전 이영도의 《드래곤 라자》를 읽다가 그 책 전체에서 가장 인상적이라고 느낀 구절이다. 그 책에서 요정은 이렇게 말한다. 요정이 별을 보면 별은 그저 별일 뿐이지만, 사람이 별을 보면 별자리가 생긴다고.

이는 요정은 자연의 일부라 별과 더불어 그저 자연 속에 존재하지만, 사람은 기어코 별에 의미를 부여한다는 뜻이다. 의미를 부여하는 행위는 그렇게 해서 대상을 포착하고, 기억하고, 소유한다는 뜻도 된다. 부정적으로 보면 자연조차 지배하고 소유하려 드는 인간의 성정일 수도 있지만, 긍정적으로 보면 인간은 그저 자연의 일부로만 살아가지 않았기 때문에 지구의 모든 생명 중에 고개를 들어 문명을 일군 존재가 되었다.

앤처럼 작은 아이의 세상은 아직 자신의 우주가 세상의 전부다. 작고 어린 아이가 눈을 들어 보고 손을 뻗어 만지며 대상에 의미를 부여하는 행위는 그저 태어났기에 사는 삶이 아니라, 자기 삶의 의미를 빚어내기 시작하는 첫걸음이다. 그게 바로 별을 보고 별자리를 만드는 일이다. 앤의 메이플라워가 세상 어느 꽃보다 앤에게 소중하고 아름다운 이유다. 사람의 삶은 이런 의미 부여를 통해 꽃처럼 피어나고, 별처럼 빛난다.

당신에겐 당신만의 메이플라워가 있는가?

… 기도하려고 왜 무릎을 꿇어야 해요? 정말로 기도가 하고 싶으면 이렇게 할래요. 온전히 혼자 드넓은 들판으로 나가거나 깊고 깊은 숲으로 갈 거예요. 그리고 하늘을 높이 올려다봐요. 푸른 하늘이 어찌나 아름다운지 그 푸르름에 끝이 없는 것처럼 느껴지겠죠. 그러면 저는 기도를 그냥 느끼게 될 거예요.

기도하는 방법을 배운 뒤,
앤이 마릴라에게

<초록지붕집의 앤> 7장

빨강머리 앤이 보낸 편지

기도를
한껏
느껴요

앤이 초록지붕집에서 지내기로 하자 마릴라는 앤에게 기도하는 법을 가르치려고 한다. 잠자리 들기 전 기도, 식사 자리 기도 등 아마 훌륭한(혹은 남에게 손가락질 받지 않는) 기독교인으로 살아가는 데 가장 기본적인 품행일 것이다. 남의 집 더부살이와 고아원에서 산 경험밖에 없는 소녀에게 이러한 품행은 물론 부족할 수 있다.

육아를 해 본 입장에서, 또 영유아의 발달 단계를 교육학 쪽에서 들여다본 사람으로서, 잠자리 기도 같은 품행은 '모방 행동'이라고 말하고 싶다. 즉, 부모의 모습을 보고 배워야 하는 품행이라는 뜻이다. 그리고 아이들은 부모의 말을 듣고 배우는 것보다 부모의 행동을 보고 배우는 부분이 훨씬 크다. 쌍둥이만 줄줄이 낳는 집에서 육아 도우미로 살던 열한 살도 안 된 소녀는 몸도 마음도 지쳐서 기도를 할 여유가 있었을 리 없다. 어떻게 기도하는지 모르는 것이 어쩌면 당연하다.

보고 배울 부모도 없고, 육아도우미로 지내던 아이가 "저는 기도를 그냥 느끼게 될 거예요"라고 말하다니, 잘 배우고 다듬은 그 어떤 품행보다 낫지 않을까. 사실 믿는 마음 없이 믿는 행동만 하는 것은 정말 쉽다. 그래서 아이가 자연 속에서 신을 느끼는 이 믿음 앞에서 오히려 그저 부끄러움을 느낀다.

더 깊고 높은
앤의 믿음

태초에 인간이 신을 믿을 때에도 앤과 같은 마음으로 신을 믿기 시작했을 것이다. 자연의 높고 깊고 거칠고 강한 모습 앞에서 경외심을 느끼며 자연에 깃든 신의 이름을 부르며 기도하기 시작하고 찬송하기 시작했을 것이다. 이게 바로 앤이 품고 있는 원시적이라면 원시적인 믿음이다. 원시적일지 모르나, 더욱 깊고, 더욱 넓고, 더욱 높다.

앤의 기도와 너무도 유사한 마음을 담은 시가 있다. 미국의 계관 시인 에이다 리몬(Ada Limón)의 〈우리 눈에 보이는 모습 그리고 우리가 쓰는 단어들〉이라는 시다.

여기 교외 지역에 커다란 이 헛간들이 있어.
검은 크레오소트 판자로 지어져 무릎 높이로 자란 푸르른
풀 속에 묻혀 있어.
사용 중인데도 너무도 아름답게 버려진 듯 보여.
그 헛간들이 꼭 바다가 마른 후 방주 같이 보인다고 당신
은 말하지.
나는 해적선같이 보인다고 말해. 그러다
계곡을 거닐었던 산책이 떠올랐어. 거기서
J가 말했어. 하느님을 안 믿는다고? 내가 말했지,
안 믿어. 난 나를 자연과 이어주고, 우리를 서로서로 이어
주고, 우주와 이어주는 우리 모두에게 있는 이 유대감을
믿어.
그랬더니, 제이가 응수했어. 그래, 그게 하느님이지. 그리고
우리가 어떻게 서 있었더라.
하얀 참나무들, 스페인 이끼, 거미줄 사이에 낮게 몸을 드
리운 짐승들처럼 서 있었지.

우리 주머니 속에 흑요석 조각들이 있고, 딱따구리는 부산
을 떨고 있었어. 그리고 나는 그렇게 부르길 거부했어.
그래서 대신 우리는, 제멋대로인 하늘을 올려다보았어.
어떤 동물인지 이름을 댈 수 있을 만큼 단순한 동물 모양
의 구름들이 있었어.
그냥 구름일 뿐이라는 걸 익히 알아. 그래도,
종잡을 수 없어서 경이로운 구름들, 우리 구름들이었어.

앤의 기도를 느끼는 방법이 다른 시 안에서 공명하는것 같다.
믿음의 근원인 마음이 똑같기 때문이 아닐까. 하지만 20세기
초와 달리 21세기 초에 쓰인 이 시는 믿음을 잃어가는 시기에
쓰인지라 다른 의미로 와닿는다.

우리 눈에 어떤 모습으로 보이고, 어떤 이름으로 대상을 불러
도 우리 마음이 느끼는 본질은 같다는 내용을 담은 이 시는, 역
설적으로 믿음을 잃어가는 시기에 어떻게 기도해야 하는지 잘
보여 주고 있다. 어떤 이름으로 불러도 신은 신이며, 신이라는
이름으로 부르지 않아도 신심은 신심이다. 버려진 듯 퇴락한
인위적인 구조물은 대홍수가 끝나고 버려진 노아의 방주처럼
버려진 믿음 같아 보인다.

가장 높이 자라는 나무와 가장 낮은 식물인 이끼와 그 사이에 웅크린 동물이 우리를 감싸고 있고, 열심히 움직이는 벌레와 푸드덕거리는 새와 주머니 속의 광물이 지척에 있다. 이런 자연 속에서 우리가 마음대로 할 수 없는 하늘을 올려다보는 한, 우리는 구름에 이름을 붙이고 경이로워한다. 그러는 한 믿음은 이어진다. 이게 믿음을 잃은 시대에 우리가 붙들 수 있는 마지막 밧줄이고, 우리가 돌아가야 하는 태초의 순수한 믿음이다. 앤처럼 기기도를 느끼는 바로 그 믿음.

앤이 우리에게 보낸 편지를
읽고 쓰고 되새겨 보세요.

아, 그런 게 인생이었다. 기쁨과 고통, 희망과 두려
움 그리고 변화. 언제나 모든 것이 변한다. 그건 어
쩔 수 없는 일이었다. 오래된 것은 놓아주고 새로
운 것을 마음에 받아들여 사랑하는 법을 배운 후
또 놓아주어야 한다.

빨강머리 앤이 보낸 편지

우리를 설레게 한 앤의 문장들

....

....

....

....

....

....

....

....

....

....

....

....

....

아름답고 고운 생각은 마음속에 보물처럼 간직하는 게 더 좋아요. 이런 생각들을 사람들이 비웃거나 갸웃거리는 게 싫어요. 그리고 어째서인지 거창한 말들을 더 이상 쓰고 싶지 않아요. 이제 하고 싶은 말은 해도 될 정도로 컸는데 정작 하고 싶지 않다니 안타까운 일이지요. 여러 가지로 거의 다 큰 건 즐거운 일이기는 해요. 하지만 제가 예상했던 즐거움은 아니에요. 배우고 해보고 생각할 게 너무 많아서 이젠 거창한 말을 쓸 시간이 없어요.

빨강머리 앤이 보낸 편지

우리를 설레게 한 앤의 문장들

....

....

....

....

....

....

....

....

....

....

....

....

....

여름 해질 무렵 이슬이 듣고 오래된 별들이 고개를 내밀고 바다가 사랑하는 작은 땅과 거듭 만나는 때에 프린스 에드워드 섬의 해변이나 들판이나 굽이도는 붉은 길을 걸어보아야 평화가 무엇인지 알 수 있어.

우리를 설레게 한 앤의 문장들

....

....

....

....

....

....

....

....

....

....

....

....

....

사실은
앤이 진짜 전하고
싶은 말

_____
_____
_____
_____
_____
_____
_____
_____
_____
_____
_____
_____

… 나 자신 밖에서 꿈을 찾아다녔어요. 세상이 내게 무엇을 주느냐가 아니라, 내가 세상에 무엇을 주느냐가 중요한 거예요.

꿈에 대해 생각하며,
앤이 마릴라에게

〈초록지붕집의 앤〉 38장

빨강머리 앤이 보낸 편지

인생의
빛과
그림자

앤 시리즈를 루시 모드 몽고메리의 삶과 대비해서 읽다 보면 그런 생각이 떠오른다. 몽고메리는 스스로가 이루고 싶었던 행복을 앤의 삶에 청부한 게 아닐까? 또는 몽고메리는 자신이 피하고 싶었던 불행 혹은 겪었으나 표현하지 못했던 불행을 앤의 삶에 혹은 책 속 주인공 삶에 청부해버린 게 아닐까 하는 생각이 든다.

자신의 모습을
앤에게 투영한 모드

루시 모드 몽고메리의 전기 중 우리말로 번역된 책이자, 술술

읽히도록 잘 쓴 책《하우스 오브 드림》을 읽다 보면 루시 모드 몽고메리의 삶의 빛과 그림자가 여실히 보인다. 캐나다 작가로는 처음으로 영국 여왕에게 훈장을 받을 정도로 인정받았고, 지금도 가장 위대한 캐나다 작가 중 한 명으로 꼽히는 점은 모드의 빛이라고 말할 수 있다. 하지만 모드(작가는 자신을 모드로 불리기를 늘 원했다) 개인이 살았던 인생은 참으로 굴곡진 인생이었다.

어머니는 아기 때 사망했고, 아버지는 모드를 외할아버지, 외할머니에게 맡긴 채 서부로 가버린다. 그래서 고아인 주인공 앤(그리고 다른 시리즈의 주인공인 에밀리)은 자기 자신을 '절반 고아'라고 불렀던 모드 자신이 투영된 모습이 아닐 수 없다.

외할머니는 마릴라처럼 무뚝뚝하기는 했지만 잔소리가 많고 성마른 성격이었고, 마릴라처럼 온화해지는 일은 없었다. 외할아버지의 경우 그 과묵한 성격은 매슈를 닮았을지 몰라도 광장히 완고한 고집쟁이였고, 매슈와 달리 고아나 다름없는 손녀에게 매우 인색했을 뿐 아니라, 모드가 교육을 받는 것도 탐탁지 않아 했다.

외할머니는 구시렁거렸을지언정 오랜 세월 모은 쌈짓돈으로 모드의 학비를 내주었지만, 외할아버지는 모드가 중요한 면접

빨강머리 앤이 보낸 편지

에 갈 때 기차역까지 갈 마차도 내어주지 않았다. 더구나 살던 집을 아들에게 물려주었고, 이 아들이 어머니에게 집을 비우라고 했기 때문에, 남은 아내는 손녀인 모드와 함께 살 곳이 없어지는 설움을 겪었다.

모드는 어릴 때 자신을 외할아버지 집에 맡기고 서부로 간 아버지를 오매불망 그리며 자랐지만, 정작 서부의 아버지 집에 갔을 때 그녀가 기대했던 행복은 여실히 무너졌다. 아버지는 이미 재혼을 해서 새로운 가정을 꾸렸고, 계모는 모드에게 모질게 굴었다. 학교에 못 가게 하고 집에서 궂은일을 시켰다. 또한 자신을 엄마라고 부르지 못하게 하면서도 남들 앞에서만 체면상 엄마라고 부르게 했다.

결국 이런 새어머니와 딸을 지키지 않은 아버지에게 상처받은 모드는 결국 1년 몇 개월 후에 외할아버지, 외할머니가 있는 프린스 에드워드 섬으로 다시 돌아오고 만다.

그런데도 모드는 이후 〈초록지붕집의 앤〉에 기대와 실망에 대해 이렇게 썼다.

"마릴라, 기다림은 기쁨의 절반이에요." 앤이 말했다. "그 일 자체를 얻지 못하게 될 수도 있지만, 그 어떤 것도 그 일을 기다리는 즐거움을 뺏을 수는 없거든요. 린드 부인은 기대하지 않으면 실망도 하지 않을 거라 좋다고 말씀하셨지만, 실망하는 것보다 아무런 기대를 안 하는 게 더 안 좋은 일 같아요."

앤 시리즈는 모드가 살면서 가졌던 가장 큰 기대가 산산조각 나는 일을 경험하고 나서 쓴 글이다. 누구보다도 아버지를 그리워하고 아버지를 기다리며 살았기에 정작 그 기다림이 실현되었을 때 잔혹한 현실에 누구보다도 큰 상처를 받았을 게 분명하다. 이런 경험을 하고도 삶을 바라보는 태도가 시어터지지 않은 점이 놀랍다.

누군가 나에게 기대를 하지 않으면 실망도 하지 않아 좋다는 태도와, 실망하더라도 기대를 하겠다는 선택을 하는 태도 중 무엇이 더 낫냐고 묻는다면, 나도 실망하더라도 기대를 해 보는 쪽을 택하겠다. 아니, 최소한 어린 영혼들에게는 그래야 한다고 말하고 쓸 것 같다.

모드는 어떻게 이럴 수 있었을까? 바로 행복을 청부하고 불행도 청부하는 글쓰기의 힘이라고 말하고 싶다. 내가 꿈꾸었으나 이루지 못한 행복을 내가 쓰는 책 속의 주인공에게 선사하고, 내가 겪고 너무도 슬펐으나 제대로 표현하지 못했던 불행을 책 속의 등장인물에게 겪게 하는 행위를 통해 모드는 스스로를 위로할 수 있지 않았을까.

모드의 따뜻한 시선

또 한 가지, 앤 시리즈에는 어떻게 이렇게 다양한 인간 군상을 오밀조밀 잘 그려냈을까 싶은 구석이 있다. 그렇게 사람들을 가까이에서 보고, 이들의 단점도 너무 많이 보면서도 모드는 사람들의 단점 혹은 소소하게 악한 모습을 묘사할 때조차 비관적이거나 염세적이거나 냉소적이지 않다. 등장인물을 그저 따뜻하게 바라본다.

어떻게 이럴 수 있었을까 곰곰이 생각해 보았다. 앤을 읽고 저녁에 한강변 산책을 하던 날이었다. 해가 지고 무수히 많은 아파트에 불빛이 하나씩 들어오고, '많은 사람들이 살고 있겠지', '모두 자신의 삶을 붙들고 있겠지'를 상상하며 걷다가 문득 그런 생각이 들었다. 모드는 자신의 삶이 오로지 자신만을 위한 삶이 아니라는 걸 알았구나, 다른 많은 사람을 보았겠구나.

모드는 이 우주가 오로지 나 하나를 위해 존재하는 것이 아니라 수없이 많은 다른 사람들을 위해서도 존재한다고 생각했을 것이다. 그래서 나와 다른 사람들을 이 큰 우주에서 복닥거리며 사는 작은 존재들이라고 내려다볼 수 있었던 것은 아닐까 싶다. 그렇기 때문에 결국 자신의 소설 속 등장인물을 따스히 바라볼 수 있었던 것 같다.

모드는 현실의 인간군상을 담아낸 자기 작품 속의 여러 사람에게 끝까지 친절하다. 행복과 불행을 작품 속에 다 투영해서 늘어놓고 보면, 현실의 사람들도 껴안기 쉬워지지 않았을까 싶다.

만약 이루지 못한 행복과 말할 수 없던 불행이 삶에 있을지라도 이 행복과 불행을 모드처럼 글에 청부해 보자. 글 속의 인물들에게 혹은 드라마 속의 인물들에게 맡겨버리기로 하자. 그리고 모드처럼 그 힘으로 살기로 하자.

읽거나 쓰는 한 우리 모두 그럴 수 있다. 여기의 행복과 불행을 저기로 청부하는 힘이 읽기와 쓰기에 있으니까. 그러면 세상에서 내가 받지 못한 것만 세는 상태에서 벗어나 내가 세상에 무엇을 줄 수 있는지 보이기 마련이다. 모드는 앤을 통해 희망과 용기를, 그 누구도 악하지 않게 그린 수많은 인간군상을 통해 친절함을 세상에 보여 주었다.

… 기쁨과 고통… 희망과 두려움… 그리고 변화, 항상 변해요. 그건 어쩔 수 없어요. 낡은 것은 보내고 새로운 것을 마음에 새겨야 해요. 새로운 것을 사랑하는 법을 배우고, 때가 되면 그것도 보내야 해요. 봄은 너무도 사랑스럽지만, 여름의 자리를 내줘야 하고, 여름은 가을 속에서 사그라들어요. 출생, 결혼 그리고 죽음, 다 그래요.

힘들어하는 모습을 보고,
짐 선장이 코넬리아에게

<앤의 꿈의 집> 2장

빨강머리 앤이 보낸 편지

완벽한 가족의 모습

길버트는 의사가 되어 바닷가 포윈즈(Four Winds)로 간다. 그와 결혼한 앤은 길버트를 따라간다. 둘은 마을에서 떨어진 한적한 바닷가에 작고 아름다운 신혼집을 꾸린다.

이 집을 주변으로 등장하는 주변 인물로는 길버트와 앤의 신혼집보다 더 멀리 떨어진 바닷가 등대에서 지내는 은퇴한 선장 짐 할아버지, 병든 남편을 보살피며 사는 아름다운 미녀 레슬리 그리고 남자가 싫다고 혼자 사는, 독설가이지만 온 마을의 힘든 이들을 보살피고 돕는 중년의 독신녀 코넬리아가 있다.

갑작스러운 파도에 휩쓸려가 영영 다시 찾지 못한 연인을 잊지 못해 평생 독신으로 지내는 짐 선장은 배를 타며 겪었던 숱

한 거친 일에도 닳거나 부러지지 않고 마치 꺼지지 않는 촛불처럼 존엄을 지키며 주변인들의 삶을 감싸며 늙어가는 존재다. 이 등장인물이 홀로 감당하는 고독과 그 고독에 사무쳐 사람들을 아끼는 마음에 집중해 보자. 성숙한 사람은 삶의 마지막을 어떻게 맞이하는지 너무도 잘 보여 주는 모습이다.

이 책을 읽고 나서 포윈즈의 배경이 된 곳이 어디인지, 프린스 에드워드 섬의 어느 등대가 짐 선장의 등대의 모델이 된 건지 검색을 하며 한참 들여다봤을 정도이다. 물론 등대라는 장소 자체가 거친 삶을 살아가는 현실에서 길잡이로 자주 비유되기지만, 등대지기로 혼자 있는 시간을 견딜 수 있는 사람이 실제로 얼마나 강한 사람인지 새삼 알 수 있었다.

결혼 생활의
빛과 그림자

이 책에서는 두 가정의 결혼 생활이 대비되어 그려지며 결혼 생활의 빛과 그림자를 동시에 보여 준다. 길버트와 앤의 결혼 생활을 두말할 필요 없이 완벽 그 자체이다. 책이 거듭될수록 앤은 더욱 완벽해져서 오히려 그 매력을 잃어가는 듯 보이는데, 이 책부터 앤은 삶에 좌충우돌 맞서며 나가는 모습을 다른 등장인물들에게 넘겨 주는 것 같다. 오히려 앤의 주변 인물들이 여러 사건을 빚어내고, 앤은 이에 지혜롭게 반응하는 역할을 주로 맡는다.

레슬리는 아름다운 여인이지만 비열한 남자 딕 무어에게 협박을 당해 원치 않는 결혼을 한 여성이다. 딕은 배를 타고 바다에 나갔다가 실종되는데, 짐 선장이 몇 년 후 타국의 항구도시에서 머리를 다쳐서 기억도 잃고 백치가 되어 거지처럼 살아가는 그를 발견해 데려온 후 레슬리는 그런 남편을 병간호하는 삶에 영원히 갇힌다. 자존심이 강한 레슬리는 행복한 신혼을 보내는 앤에게 처음에는 거리를 두지만, 등대지기 짐 선장의 난롯가에서 나누는 풍성한 대화로 둘은 점차 가까워진다.

레슬리를 통해 보여 주는 불행한 결혼 생활을 천천히 읽다 보면, 모드의 현실이 떠올라 가슴이 미어진다. 모드가 여러 구혼자를 거치고 약혼까지 깨면서 고른 남자인 이완 맥도날드 목사는 사실 엄청난 악수였다.

조건이 좋지도 않고 잘생기지도 않지만 꾸준히 모드 옆을 맴돌며 제법 대화가 통하는 사람임을 어필했던 이완은 사실 우울증과 양극성 장애를 오래 앓고 있었고, 이를 숨기고 모드와 결혼했다. 이완의 실체를 알게 된 순간, 수십 년을 지속해야 할 간병은 모드의 몫이 된다. 때로 이완의 주일 예배 설교문까지 모드가 다 썼다고 한다. 정신이 온전치 못한 남편을 간병하며 생계비를 벌어가며 사는 레슬리의 모습이 모드의 현실과 오버랩되어서 보인다.

돌봄을 해본 사람들은 안다. 아이 돌봄은 아이가 자라면 언젠가는 끝나고, 아픈 부모님 돌봄은(죄송한 말이지만) 부모님들이 돌아가시면 끝난다. 그런데 정신이 아픈 남편을 돌보는 일은 간병인이 살아 있는 한 지속된다. 끝나지 않고 평생 갇힌 삶이 되고, 미래가 없는 삶이 된다. 이런 레슬리의 결혼 생활이 길버트와 앤의 결혼 생활에 대비되며 같은 바닷가를 배경으로 펼쳐진다.

길버트와 앤의 생활은 목사 부부로 이완과 모드가 세상에 보여 줘야 하는 결혼 생활의 모습이라면, 레슬리와 딕은 정신질환이 있던 이완과 모드의 모습을 투영하는 결혼 생활로, 동전의 양면이 아닐까 싶다.

물론 남들 눈에 '꿈의 집'으로 보이는 가정에도 그림자는 있기 마련이다. 앤의 첫 아기는 태어난 뒤 며칠이 지나지 않아 죽는다. 모드도 둘째 아이를 그렇게 잃었다.

책에서 앤의 이 슬픔은 자세히 묘사되지 않는다. 지극한 슬픔은 오히려 도저히 말로 하지 못하는 법이라, 마치 동영상에서 흐릿하게 처리되는 것처럼 앤이 오래 앓아누웠다가 일어나는 모습으로 지나갈 뿐이다. 그리고 레슬리와의 관계는 이때부터 돈독해진다. 아픔은 아픔으로 통하는 법이다.

세상의 빛은 어쩌면 사방에서 불어오는 거친 바람(포 윈즈 Four Winds) 속 미약한 등대 불빛 같은 빛일 수 있다. 하지만 등대에는 자신을 희생해 다른 사람들을 위해 불을 밝히는 인간에 대한 사랑이 있고, 그 주변에는 아픔을 나누며 마음에서 마음으로 이어지는 길을 만드는 사람들이 있다. 그렇다면 어떤 상실에도 삶은 계속된다.

… 이 전쟁의 영향을 받은 사람은 누구도 이제 다시는 같은 방식으로 행복할 수 없을 거야. 하지만 더 나은 행복인 것 같아, 릴라. 그 행복은 우리가 얻어내는 행복이 될 테니까.

입대하기 전,
월터가 릴라에게

<잉글사이드의 릴라> 15장

빨강머리 앤이 보낸 편지

전쟁이
남긴
상처

〈무지개 골짜기〉는 1차세계대전을 캐나다의 여성 작가의 시점으로 조망한 책이다. 이 시기는 코로나보다 더 강력한 위세를 떨쳤던 스페인 독감이 세계를 강타했다. 1자세계대전이 1914년~1918년에 일어났고, 스페인 독감이 1918~1920년에 세계를 휩쓸었으니, 전 세계적인 재앙이 연달아 일어난 후에 집필한 셈이다.

고대, 중세, 근대의 전쟁도 아비규환이었을 테지만, 비교할 수 없는 규모로 사람들이 죽고, 언론의 발달로 전쟁을 겪은 개인의 목소리가 퍼져나가기 시작하면서, 일반인들이 받은 충격은 어마어마했다.

어리광쟁이 소녀가
어른이 되기까지

〈잉글사이드의 릴라〉는 앤의 막내딸인 릴라가 열여섯 살이 되어서 처음 무도회에 가는 장면부터 시작한다. 누구와 춤출까, 어떤 드레스를 입을까, 이런 평범한 고민을 하던 릴라의 세계는 오빠들이 전쟁에 나가며 완전히 뒤바뀐다. 젬(첫째 아들)은 원래 남성적이고 스포츠를 좋아하는 성격이라 참전이 슬퍼도 릴라가 크게 충격을 받지는 않았지만, 월터(둘째 아들)의 참전은 릴라의 세계를 완전히 뒤흔든다.

사실 시인이 되는 것이 꿈이었던 월터는 〈무지개 골짜기〉 마지막쯤에 피리 부는 사나이가 오는 환상을 보면서 세계대전의 도래를 예견하고 두려워한다. 예술가들의 영혼은 그 누구보다도 먼저 미래를 예감한다고 예이츠가 그랬던가, 월터는 무시무시한 미래가 오고 있음을 미리 느낀다.

월터는 누구보다도 폭력에 반대했고, 누구보다도 전쟁에 반대했기에 참전을 미루다 미루다 결국 입대를 하더니, 누구보다도 용감하게 싸워서 훈장을 받는다. 그리고 젬과 릴리가 좋아하던 남자 케네스(〈앤의 꿈의 집〉에 나오는 레슬리가 재혼해서 낳은 아들)는 무사히 돌아갈 거라는 예언 같은 말을 적은 편지를 마지막으로 전사한다.

릴라는 다른 여성들과 함께 병원에서 봉사하고, 남자들이 자리를 비워서 생긴 노동을 감당하고, 심지어 아버지는 참전하고 어머니는 출산 직후 사망해서 오갈 데 없는 갓난아기를 데려와 아직 십 대인데도 맡아 키우기까지 한다. 릴라는 혀 짧은 소리를 내던 어리광쟁이에서 아이도 키워 내는 어른으로 몰라보게 자란다.

책에서는 릴라를 다음과 같이 묘사한다.

> 몸은 천천히 꾸준히 자라지만, 영혼은 한 달음에 훌쩍 자라
> 기도 한다. 단 한 시간 만에 다 자랄 수도 있다. 그날 밤부
> 터 릴라 블라이스의 영혼은 괴로움, 강인함, 인내심을 감당
> 할 능력이 있는 여자의 영혼이 되었다.

때로는 고통이
더 큰 나를 만든다

고통은 영혼을 찢어 늘려서 키우는 법이다. 시간이 지나면서 서서히 자라는 것은 자잘한 일상과 자잘한 고난과 기쁨을 거치며 일어나지만, 한순간에 자라는 것은 영혼을 찢어서 늘릴 때

가능하다. 영혼을 그릇이라고 한다면, 고통은 이 그릇을 찢어 늘려서 더 많이 세상을 담을 수 있게 해 준다. 괴로움, 강인함 그리고 인내심도 그렇게 그릇에 담을 수 있게 된다. 월터가 입대하겠다고 말하던 밤부터 릴라는 영혼이 찢어지며 자라기 시작한다. 우리는 나이를 먹으며 성장하는 것이 아니라, 상처를 입어 부서지고 찢어지며 성장하는 법이다.

작품에서 앤 역시 아들 월터를 잃고 쓰러졌다 다시 일어난다. 이제 삶은 절대 이전과 같을 수 없다. 아이를 낳아 키워본 사람은 알 것이다. 아이가 오기 이전과 이후의 삶은 전혀 다른 우주에서 살아가는 삶이라는 것을.

시간여행에 대한 영화를 보고 어린 아들과 집으로 돌아오던 날, "엄마는 시간여행을 할 수 있다면 언제로 가고싶냐"라는 아들의 질문에 무심코 20대 중반으로 가겠다고 대답했더니, 아들은 서럽게 울었다. 자신이 없는 시간으로 가버렸다고. 그래서 그때 아이를 붙잡고 진심으로 약속해야 했다. 엄마는 시간여행이 가능해져도 절대 네가 없는 평행우주로는 가지 않겠다고.

그렇게 내 인생에서 수많은 평행우주가 소멸했다. 아이가 온다는 것은 이런 의미이다. 그런데 이런 아이를 잃는다는 생각은 하고 싶지도 않고 쓰고 싶지도 않다.

아이를 잃은 엄마의 우주는 모퉁이 길이 다 없어진 우주가 된다. 모퉁이 너머에 무엇이 있을지 궁금하지도 기대되지도 않는 직선으로 뻗은 길만 남는다. 아직 살아 있는 다른 아이들을 위해 계속 살아는 가겠지만 이대로 곧장 걸어가 무지개다리를 건너 먼저 간 아이를 만나는 길, 그 길 외에는 아무것도 남지 않게 되니까.

전쟁은 전투에 나가 싸운 영혼들이 받은 상처가 가장 큰 법이다. 1차세계대전 이후 여러 작품에서 이들이 지르는 비명과 절규를 그려냈다. 하지만 1차세계대전 당시 여성들이 어떻게 남자들의 빈 자리를 채우며 고군분투했는지, 어떻게 살아남은 자의 상실과 슬픔을 감당했는지 그린 작품은 별로 없다. 모드 몽고메리의 〈잉글사이드의 릴라〉가 바로 그때의 현실을 생생하게 보여 준다.

… 이 세상에서 내 몫의 정직하고 진짜 일을 하고 싶어, 앤. 지식이 시작된 이후 훌륭한 모든 인간이 쌓아 올려온 지식의 총합에 조금이라도 보태고 싶어. 앞서 살았던 사람들이 나를 위해 그렇게 대단한 일을 해 준 것에 대해 나는 내 뒤에 올 사람들을 위해 일하면서 내 감사함을 보이고 싶어.

길버트가 앤에게

<에이번리의 앤> 47장

읽지
않으면
쓸 수 없다

모드는 앤과 마찬가지로 책에서 위안과 도피처를 얻는 인간인지라 매우 많은 책을 읽었다. 광범위한 독서 편력의 흔적이 모드가 남긴 일기에 감상의 형태로 많이 남아 있고, 굉장히 많은 작품들이 앤 시리즈에 인용되었다.

셀 수 없이 많은 책을
읽은 모드

모드가 어렸을 때 가장 좋아했던 작가는 에드워드 블워-리턴으로, 낭만주의 소설을 주로 쓴 작가이고, 가장 유명한 대표작은 《폼페이 최후의 날》이다. 하지만 나이가 들면서 가장 좋아하는 작가는 바뀐다. 나중에 가장 좋아했던 소설가는 바로 추리의 여왕 아가사 크리스티이다.

둘이 집필하는 장르도 다르고, 나이도 모드가 열여섯 살 많지만, 모드는 크리스티의 작품을 사랑하고 즐겨 읽었다. 지금은 고전 명작이라 일컫는 샬럿 브론테와 제인 오스틴 같은 여성 작가들의 작품은 의외로 모드의 작품 안에 거의 언급되지 않는다. 대신 수많은 시인의 시를 사랑해서 계속 읽고 인용한다.

모드는 남편과 신혼여행으로 유럽에 갔을 때, 모드가 가장 좋아하는 스코틀랜드 작가들, 《아이반호》로 유명하지만 시인으로도 유명한 월터 스콧 경, 12월 31일 자정에 부르는 노래로 유명한 〈올드 랭 사인〉을 지은 시인 로버트 번즈, 《피터 팬》의 작가 J.M. 배리와 관련된 장소들을 찾아다녔다고 한다.

사실 그 외에도 영국의 계관시인 알프레도 테니슨의 시나, 프랑스 정착민들이 미국 정착지에서 쫓겨나면서 벌어진 비극적인 사랑 이야기이자 역사 이야기를 담은 장편 시 〈에반젤린〉을 쓴 헨리 워즈워드 롱펠로의 시, 주지주의 시로 유명한 로버트 브라우닝의 시, 미국 낭만주의의 대표적인 시인인 에드거 앨런 포의 시, 셰익스피어의 구절, 빅토리아 시대 여성 작가인 조지 엘리엇이 쓴 소설의 구절 등이 끊임없이 인용되고 언급된다.

알면 알수록
보이는 것들

길버트의 입을 빌려 모드는 이런 말을 한다.

> 이 세상에서 내 몫의 정직하고 진짜 일을 하고 싶어, 앤. 지
> 식이 시작된 이후 훌륭한 모든 인간이 쌓아 올려온 지식의
> 총합에 조금이라도 보태고 싶어.

이 말은 아이작 뉴턴이 했다는 '거인의 어깨'에 대한 명언을
떠오르게 한다.

> 내가 더 멀리 보았다면, 그건 거인들의 어깨 위에 서 있기
> 때문이다.

한 사람의 성취가 자기 혼자 이룬 일이 아니라 자기보다 앞서
서 연구하고 일하고 글을 쓴 이들의 작업물을 딛고 선 결과라
고 말하는 이 구절은, 글쓰기에도 고스란히 적용된다.

읽지 않고 그냥 쓸 수 있는 사람은 거의 없다. 대개 읽다가 쓴
다. 다른 사람들이 쓴 글들을 읽고 또 읽어서 그들이 쓴 글이 자

신의 일부가 되고 뿌리가 되어서 내면에 말이 넘치게 되면 그때 글을 쓰게 된다. 모드는 이를 잘 알고 있었던 것 같다. 이렇게 작품 속에 앞선 작가들의 글을 인용하고 언급하는 행위는 바로 앞선 작가들에게 존경을 표하는 방식이기도 하다.

나 같은 경우, 쌓여 있던 글을 끌어내기가 쉽지 않았다. 상처로 균열이 생기면 아파서 힘들어하는 바로 그 감정이 동력이 되고, 꿰어서 낚아 올리는 그물이 되었다. 나를 부수고 힘들게 하는 틈이 생겨야 글이 쏟아져 나온다. 하지만 직업으로 글을 쓰려면 이렇게 솟구치는 글을 기다리다가는 영영 한 줄도 쓰지 못한다. 가장 좋은 방식은 언제나 규칙적으로 쓰고 있을 것, 언제나 쓰는 리듬을 만드는 일이 가장 중요하다.

앤 시리즈를 같이 읽은 이들은 앤이 끊임없이 문학 작품이 언급하는 모습을 보면서 실제로 모드가 구절을 다 외우고 다녔냐는 질문을 했다. 최소한 그 구절의 원문이 어느 책 어디에 있는지는 외운 것 같다. 당시에는 인터넷도 소셜미디어도 없었기 때문에 외려 책의 구절을 더 자주, 더 많이 인용했으리라 본다.

모드가 어떤 책을 읽었고, 어떤 작가를 좋아했고, 어떤 작가의 글을 인용하는지 따라가며 읽는 과정은 매우 즐겁다. 바로 모드를 이루는 살이 무엇인지 가늠하는 작업이니까. 작가인 모드에 대한 이해가 높아지면 모드가 창조한 앤도 더 풍성하게 읽을 수 있다.

물론 일단 창조된 글은 작가 손을 떠나서 그 자체만으로도 의미를 입고 반짝일 수 있다. 작가의 삶에 대해 전혀 모르더라도 독자의 삶에 들어가 독자에게 소중한 의미로 살아날 수 있어야 정말로 좋은 작품이기 때문이다.

그래서 글은 작가와 글 사이만 중요한 게 아니다. 독자와 글 사이도 중요하다. 하지만 작가가 읽은 글과 작가가 쓴 글을 함께 보면, 두 글이 함께 공명을 일으키며 작가의 글이 더 깊이 내 속에 새겨지게 된다. 마치 거인의 어깨 위에 선 내 발을, 나보다 앞선 작가가 잡아서 앞으로 내딛게 도와주고 있는 것 같다.

… 새로운 세상이 왔어. 우리는 이전 세상보다 더 나은 세상을 만들어야 해. 어떤 사람들은 이미 왔다고 생각하는 것 같지만 그렇지 않아. 이 일은 아직 안 끝났어. 아직 시작도 안 됐어. 구세계는 파괴되었고, 우리는 새로운 세상을 지어야 해. 이게 앞으로 수년 동안 해야 할 일이야.

전후 세계에 대해여,

젬이 릴라에게

<잉글사이드의 릴라> 35장

〈초록지붕집의 앤〉이
가장 인기 있는
이유

앤 시리즈를 죽 읽다 보면 앤과 길버트가 점점 희미해진다. 완벽한 가정에 맞는 완벽한 남편과 아내가 되어가면서 개성이 사라지고 점점 배경이 된다. 대신 아이들과 이웃들이 생생한 캐릭터로 그려진다.

앤의 가정을 자신은 일구지 못했던 완벽한 가정으로 그리고 싶었던 모드의 바람이 앤과 길버트를 이렇게 무개성하게 만든 게 아닌가도 싶고, 목사 부인이라는 사회적 지위상 자신이 투영된 캐릭터의 흠 잡을 곳 없는 모습을 버릴 수 없었던 게 아닐까도 싶다.

사실《빨강머리 앤》시리즈뿐 아니라 어느 소설이 다 그렇듯,

의미심장한 목소리는 항상 변방에서 나온다. 결핍이 있고, 사회에서 주변으로 밀려나 있고, 내부에 감당할 수 없는 균열을 가진 이들의 목소리가 의미 있는 메시지가 된다. 틈이 있어야 글이 빚어진다.

〈초록지붕집의 앤〉에서의 앤은 변방 중의 변방에 있는 주인공이었다. 고아에, 빨강머리에, 예쁘지 않다는 여러 겹의 소수성이 겹친 존재는 세상에서 기존의 사회에 갇힌 이들이 보지 못하는 틈을 보고, 그들로 하여금 자신의 삶을 다시 돌아보게 하는 참신한 목소리를 낼 수 있었다.

변화는
변방에서 시작된다

앤 시리즈를 따라가다 보면, 의외의 인물들이 의미심장한 말을 한다. 세상과 처음 만나며 아이들이 뱉는 말도 참신하지만, 어른 중에서는 변방에 있는 존재들, 특히 가정부인 여성들이 통찰력 넘치는 말을 툭툭 던지는 모습을 볼 수 있다. 〈레드먼드의 앤〉의 제임시나 아주머니라든가, 〈바람 부는 포플러 나무 집의 앤〉의 레베카 듀라든가, 〈앤의 꿈의 집〉 이후 죽 앤의 집 가정부인 수전 베이커가 대표적인 예이다.

이들은 여성의 사회적 활동이 극히 제한된 사회에서 여성들이 하도록 내몰린 일만 하는 존재들이다. 제임시나 아주머니는 남편을 잃고 딸은 독립시켰으나 경제적으로 독립할 능력이 부족해 여대생들이 사는 집에서 살림을 대신 했다. 레베카 듀와 수전 베이커는 결혼할 기회조차 없이 어린 시절부터 남의 집에서 더부살이를 했고, 교육받을 기회도 없었기에 평생 남의 집 가정부로 산 사람들이다. 이들이야말로 변방에 있는 사람들이다. 기존 사회에 균열을 내는 목소리는 늘 변방에 있는 자들이 낸다.

완벽한 '정상 가족' 안에 들어간 앤이 희미해지는 이유가 여기에 있다. 원래 글은 사회와 불화하는 사람들, 사회가 요구하고 기대하는 모든 것들이 내면에 쩍쩍 갈라지는 균열을 만들어내는 사람들, 혹은 가정의 불화와 비극으로 내면에 폭풍우가 이는 사람들이 쓴다.

현실에서 글을 쓰는 사람들도 이렇지만, 소설가가 창조해 낸 캐릭터 역시 마찬가지다. 현실을 모방한 소설 속 사회에서 살기 때문에 소설 속 사회에서 완벽한 가정을 이루고 완벽한 롤모델이 되면 도덕적인 말(혹은 세상 누구나 다 칭송하는 거룩한 모성애를 드러내는 말) 외에는 할 말이 없어진다.

이야기가 작가를
끌고 가는 순간

얼마 전 드라마 〈더 글로리〉의 김은숙 작가가 극 중 하도영에 대해 그런 말을 했다. 하도영이 전재준을 공사장에서 죽이는 장면을 쓰고 나서야 '아, 하도영, 너는 그런 사람이었구나!' 하고 알게 되었다고.

자신이 창조한 인물에 대해 이게 무슨 말인가 싶겠지만, 짧게나마 단편 소설을 두어 편 써 본 내 경험으로는 이해가 간다. 배경을 잡고 초기 캐릭터를 잡는 것은 분명 철저히 작가의 의도지만, 사건이 벌어지고 등장인물들이 얽히면서 이야기가 전개되기 시작하면 아주 신기한 일이 벌어진다.

이야기가 작가를 끌고 간다. 내가 쓴 단편 소설에서 주인공이 동네 언니와 도망가는 장면을 그릴 때 그런 경험을 하고 놀란 적이 있다. 갑자기 둘이 도망가는 동네 뒷골목의 장면이 눈앞에 죽 펼쳐지면서 등장인물과 함께 모퉁이를 돌고 장독대 뒤에 숨었다. 마치 화면을 보면서 따라 쓰는 것 같은 경험을 했다.

김은숙 작가가 한 말도 이런 뜻이라 생각한다. 캐릭터를 사건 속에 놓고 따라가며 그 캐릭터에 내재된 성격이 펼쳐지는 글쓰기를 한 것이다. 그래서 연작 소설을 쓰고 계속 주인공을 매력적으로 만들고 싶다면, 주인공에게 고난이 계속 닥치거나, 주인 공이 끊임없이 세상과 부딪혀야 한다.

이게 힘들면 주인공이 전 세계나 온 우주를 돌아다니는 모험을 하게 하면 된다. '정상 가족', '완벽한 가정'에 주인공을 가둬 버리면 그 등장인물은 더는 독자들의 눈을 뜨이고, 귀가 뜨이게 하는 생각과 말을 할 수 없다.

어쩌면 작가는 계속 자신과 등장인물을 변방에 두고 변방에 살아야 하는 존재인지도 모르겠다. 생각이 여기에 미치자 내가 혹은 우리가 빨강머리 앤을 사랑하는 이유를 새로 발견한 듯한 기분이다. 〈초록지붕집의 앤〉 속의 앤이 변방에 사는 존재라서 우리는 앤을 오래 그리고 많이 사랑한 것이다.

… 난 평생 다이아몬드를 위안 삼으며 살지 못한다고
해도, 나 이외에는 그 누구도 되고 싶지 않아.

화이트샌즈의 콘서트를 다녀오는 길에,
앤이 친구들에게

<초록지붕집의 앤> 33장

홀대받는
작은
존재

〈초록 지붕집의 앤〉에서 앤이 교회에 처음 갔다 온 후 목사님의 설교에 대해 솔직하게 자기 의견을 밝히자 마릴라는 자신이 늘 생각하던 바를 앤이 거침없이 말하고 있다고 느낀다.

비밀스럽게 말로 못하던 비판적인 생각이 갑자기 모습을 드러내더니, 인간 중 홀대받는 한 명에 불과한 인간의 거침없는 입담을 통해 살을 입었다.

여기서는 앤을 인간 집단 중 그저 아주 작디 작은 존재, 아무도 신경도 안 쓰던 작은 존재로, 입만 살아 거침없이 말을 한다고 묘사한다. 어쩌면 시리도록 앤의 처지를 잘 보여 주는 말이기도 하다. 마릴라와 매슈가 키우지 않았더라면 앤은 어떻게 되었을까 생각해 보면 그 답은 더욱 자명하다.

이름으로 불리지 못한
사람들

〈에이번리의 앤〉을 보면 네 번째 샬롯타라고 불리는 도우미 소녀가 나온다. 라벤더라는 독신 여성의 집안 살림을 도맡아서 해 주는 식모인데, 큰 언니 샬롯타가 처음 이 집에 일하러 온 이후, 밑에 동생, 또 밑에 동생을 거쳐 네 번째 아이가 일하러 와서 네 번째 샬롯타가 되었다. 라벤더가 도우미들의 이름을 다 기억 못 하겠다며, 첫 번째 샬롯타에 이어 세 명의 동생을 연달아서 두 번째, 세 번째, 네 번째 샬롯타로 불렀다.

참 대비되지 않는가? 자기 이름 '앤'을 말할 때 'e'자가 붙은 앤이라고, 소리로는 구별되지 않는 철자 하나까지 옹골지게 챙기며 주장하던 앤과 달리, 정작 진짜 이름으로도 불리지 못하는 사람이 있다니.

이런 여성들은 계속해서 등장한다. 〈레드먼드의 앤〉에서는 하숙집의 살림을 도맡아 해주던 제임시나 아주머니, 〈바람 부는 포플라나무집의 앤〉에서는 레베카 듀, 〈잉글사이드의 앤〉과 〈무지개 골짜기〉에 등장하는 수전 베이커. 이들은 교육받지 못했지만, 살아온 지혜로 폐부를 찌르는 말을 하고, 여러 가사일을 주관하며 집 안의 분위기를 장악하기도 한다.

이 여성들은 모두 집안 사정이 좋지 않아 교육받지 못하고 어릴 때부터 남의 집에서 일을 거들며 생계를 유지해 온 여성들이다. 열 살이 되기 전부터 이미 육아 도우미를 했던 앤을 돌이켜 볼 때, 마릴라와 매슈가 거두지 않았더라면 앤이 살아갔을 삶은 저들의 삶과 크게 다르지 않았을 것이다.

앤은 왜 하필 빨강머리일까

앤의 처지를 한번 냉정하게 생각해 보자. 고아에 빨강머리, 예쁘지도 않은 말라깽이 아이에 불과하다. 거의 모두가 비슷한 머리색인 한국에서는 다른 인종들이 머리카락 색에 대해 편견이 있다는 것을 잘 알지 못하지만, 사실 머리카락 색이 다양한 문화권에서 편견의 희생물이 된 건 빨강머리들이었다.

고대 이집트에서는 빨강머리를 오시리스 신에게 희생물로 바쳤다고 한다. 오시리스의 숙적인 세트가 빨강머리라고 믿었기 때문이다. 기독교 문화권에서는 예수를 배반한 가룟 유다가 빨강머리라는 전설이 오랜 세월 전해지고 있다.

빨강머리인 아이들 대부분은 어릴 때부터 머리카락 색으로 놀림을 당한 경험이 있다. 특히 뉴질랜드나 호주에서는 빨강머리를 '랑가'라는 멸칭으로 부르기도 하는데, 이는 오랑우탄의 줄임말로 오랑우탄의 털 색과 같다고 놀릴 때 사용된다. 또한 빨강머리 여자아이들은 성격이 불같다는 편견에, 남자아이들은 유약하다는 편견에 오랫동안 시달려 왔다.

빨강머리로 살아 온 경험이 자못 사무쳐서 《빨강머리의 역사》라는 인문서를 방대한 역사 문화 자료에 기반해서 쓴 재키 콜리스 하비에 따르면, 빨강머리로 사는 일은 평생 '타자'로 사는 경험이라고 한다. 결국 앤의 빨강머리에 대한 탄식과 집착은 단순히 머리 색이 미학적으로 보기에 좋다, 혹은 좋지 않다의 문제가 아니다. 고아라는 소수성에, 소수성을 더하는 증표였던 셈이다.

앤에 대해 논문을 쓴 어느 필리핀 학생은 그런 말을 한다. 자신은 앤처럼 달변도 아니고 수줍음을 타서 말을 잘 안 하지만, 그래도 한 가지 앤과 크게 동질감을 느끼는 부분이 있다고. 바로 끊임없이 '오해받고, 판단되는' 존재라는 점.

그리고 보면 앤은 초록지붕집에 오자마자 린드 부인에게 외모 평가를 당하고, 다이애나의 엄마에게는 작은 실수 하나에도 다이애나와 놀지 말라는 말을 들었다. 앤은 너무도 쉽게 평가당하고 오해받았다. 사회에서 소수자 중에서 소수자이고, 변방 중에서 변방에 있는 아이여서 그리도 쉽게 판단되고, 오해받았던 게 아닐까 싶어서 문득 마음이 아프다.

앤의 미래가 바뀐 것은 물론 앤이 운이 좋아서 그렇기도 하다. 남자아이 대신 잘못 보내진 행운, 마릴라와 매슈가 키우기로 한 행운이 없었다면 앤은 존재할 수 없다. 하지만 그 모든 열악한 처지에도 거침없이 할 말을 다 하고, 자기 생각을 다 밝히는 꼬마 앤의 당당함과 낙천주의 역시 앤이 자신의 입지를 다지는 데에 큰 역할을 했다는 점을 부인할 수 없다. 기죽지 않고 하고 싶은 말을 하는 어린 앤, 이 어린 영혼의 용기에 박수를 보내지 않을 수 없다.

... 야망이 있다는 것은 기쁜 일이야. 난 야망이 많아서 기뻐. 게다가 야망에는 끝이 없다는 점이 가장 멋지지. 하나의 야망을 달성했다 싶으면, 또 다른 야망이 여전히 저 높이에서 반짝이니까. 야망은 삶을 너무 흥미진진하게 만들어 줘.

장학금을 타기로 결심하며,

앤이

<초록지붕집의 앤> 34장

빨강머리 앤이 보낸 편지

그러려고
열심히
공부했나

　앤 시리즈를 읽은 사람들이 가장 많이 던지는 질문 중 하나가 바로 앤은 결국 전업주부를 할 거면서 왜 그렇게 열심히 공부했냐는 질문이다. 나 또한 안타깝기는 하다. 길버트에게 전혀 뒤지지 않던 총명함을 가지고 결국 주부로 끝난 결말은 너무 아쉬우니까.

　하지만 시대상을 고려해봐야 한다. 〈초록지붕집의 앤〉이 나온 게 1907년이다. 이렇게 연도를 보면 별로 감이 없지만, 정작 내 할머니가 1918년생이시고, 열여덟 살이었던 1936년도에 몸종 둘을 거느리고 가마 타고 시집왔다고 했던 말씀이 기억나 정신이 번쩍 들었다.

그 시절
여성에 대하여

앤 시리즈 중 가장 마지막 책은 1939년에 나왔다. 1936년에 십 대 후반이었던 우리 할머니는 결혼하는 것 외에 다른 삶의 길을 보지 못했고, 설사 보았다 한들 그 길로 걸어갈 수단이 없었다. 이렇게 생각하면 참 이상하다. 내 할머니의 할머니뻘 되는 앤이 '세상은 알고 싶은 환희로 가득 차 있다'라고 눈을 빛내며 말하는 모습을 떠올리면 엄청난 괴리감이 느껴진다.

앤은 아이를 여섯이나 두는데, 당시에는 이 정도의 아이 수가 지극히 자연스러웠다. 또 앤의 첫 아이는 태어나자마자 죽는데, 어릴 때 아이가 한둘 죽는 경험 역시 매우 흔했다. 앤도 끊임없이 아이를 낳다가 결국 일어나지 못할 정도로 아파하기도 한다.

책에는 임신과 출산도 사실 자세히 그려지지 않는다. 1900년에 태어난 동시대 작가라 할 수 있는 마가렛 미첼은 그 유명한 《바람과 함께 사라지다》를 1936년에 출간했다. 마가렛 미첼 역시 이른 시절부터 글을 썼다. 십 대에 쓴 첫 소설은 출간되지 않았다. 아니, 출간할 수가 없었다. 네 자매 이야기가 나오는데 이 자매들이 모두 6개월 터울로 나오기 때문이다.

이 원고를 읽고 아는 어른들은 실소를 터뜨렸다고 하지만, 정작 본인은 매우 당황했을 것 같다. 뭘 모르는지조차 몰랐으니까. 그 정도로 성에 대해 몰랐고, 수없이 많은 책을 읽었어도 임신과 출산에 대해 전혀 언급되어 있지 않았기 때문에 몰랐다. 앤 시리즈에도 임신과 출산이 자세히 묘사되지 않는 이유가 여기에 있다.

20세기 이전에는 여성의 평균 수명이 남자보다 짧았다는 사실을 알면 많이들 놀랄 것이다. 출산 중 사망하는 경우도 많고, 아이를 여럿 낳으며 온몸의 영양분을 많이 빼앗겨 죽는 경우도 많았다. 20세기에 들어서며 의학이 발달해 출산 중 사망률이 줄고, 평균 자녀 수가 줄면서 여성의 수명이 남자보다 길어지기 시작했다. 지금은 여성이 남성보다 오래 사는 것을 당연하다고 여기고 있지만, 우리가 현재 당연하다고 여기는 많은 것들이 과거에는 그렇지 않았다.

사실 과거 소설이나 역사를 이해하려면 당시 시대적 배경을 아는 것이 매우 중요하다. 현재의 가치관으로 과거의 소설을 재단하려고 들면 굉장한 오해를 할 수 있기 때문이다.

당당하게
홀로 사는 삶

앤이 대학까지 졸업하고 전업 주부로만 살았다고 너무 서운해하지 않기로 하자. 우리 할머니가 가마 타고 시집오기도 이전인 시대에 쉬운 일이 아니었다. 우리의 이상이 아무리 드높아도 우리는 현실과 타협하며 살아간다. 타협할 수밖에 없어서 분노할 때도 있지만, 그럴 때 우리는 최소한 한 가지는 하지 않던가. 바로 다음 세대를 위해 길을 여는 일.

결혼하지 않고도 혼자 당당히 사는 삶은 백 년이 지난 지금에서야 간신히 가능해졌다. 혼자 사는 일은 여전히 쉽지 않지만, 결혼해서 사는 삶도 쉽지 않다는 정보도 넘치는 시대다.

일본의 여성학자 우에노 치즈코가 남긴 명언이 있다. "결혼하든 안 하든 (살아있는 한) 언젠가는 모두 다 싱글!"이라는 말이다. 그러니 정말로 결혼할 만한 상대가 나타났을 때에만 결혼한다는 생각으로 결혼에 얽매이지는 말자. 그리고 남이 결혼을 하든 말든 남의 선택은 존중하면 좋겠다.

"남은 단순하게 악하고, 나는 복잡하게 선하다"라는 말이 있다. 다른 사람은 한 번 삐끗해서 나쁜 행동을 하면 그 사람 자체를 나쁜 인간으로 매도하기 쉽고, 자신에 대해서는 원래 착한데 어쩌다 나쁜 일 한 번 하는 복잡한 사람이라고 생각하기 쉬우므로 하는 말이다. 결혼도 마찬가지다. 앤의 결혼과 전업주부로 산 삶도 복잡한 시대 배경을 알면 이해될 것이다. 시대적 맥락 안에서 자유로운 사람은 많지 않다.

앤이 우리에게 보낸 편지를
읽고 쓰고 되새겨 보세요.

이 세상에서 내 몫의 정직하고 진짜 일을 하고 싶
어, 앤. 지식이 시작된 이후 훌륭한 모든 인간이 쌓
아 올려온 지식의 총합에 조금이라도 보태고 싶
어. 앞서 살았던 사람들이 나를 위해 그렇게 대단
한 일을 해준 것에 대해 나는 내 뒤에 올 사람들을
위해 일하면서 내 감사함을 보이고 싶어.

빨강머리 앤이 보낸 편지

우리를 설레게 한 앤의 문장들

....

....

....

....

....

....

....

....

....

....

....

....

난 평생 다이아몬드를 위안 삼으며 살지 못한다고
해도, 나 이외에는 그 누구도 되고 싶지 않아.

빨강머리 앤이 보낸 편지

....
....
....
....
....
....
....
....
....
....
....
....

야망이 있다는 것은 기쁜 일이야. 난 야망이 많아
서 기뻐. 게다가 야망에는 끝이 없다는 점이 가장
멋지지. 하나의 야망을 달성했다 싶으면, 또 다른
야망이 여전히 저 높이에서 반짝이니까. 야망은
삶을 너무 흥미진진하게 만들어 줘.

빨강머리 앤이 보낸 편지

우리를 설레게 한 앤의 문장들

....
....
....
....
....
....
....
....
....
....
....
....
....

추신

앤의 삶을 따라가다 보면 많은 것들이 현재와 비교된다. 하지만 백 년이 넘는 시간을 뛰어넘어도 생생하게 살아서 다가오는 보편성이 있다. 바로 세상을 한껏 느끼고 한껏 반응하며 애써서 힘차게 자라는 작은 존재의 이야기가 그렇다. 시간을 뛰어넘어서 우리는 그런 존재에 깊이 공감하고, 우리가 자라온 이야기를 이 존재가 살아가는 이야기에 비추어 본다.

내일은 아직 실수하지 않은 새로운 날이라는 앤을 보며, 오늘 저지른 실수로 부끄러워하다가 진정하고, 하나밖에 없던 가장 소중한 친구와 더 이상 놀지 말라는 가슴 아프고 충격적인 소식에 마음을 다잡고 학교에 가서 열심히 공부하는 앤을 보며,

삶이 어떤 펀치를 날리더라도 일어나 지금 내가 해야 하는 일을 하게 된다. 가장 듣기 싫은 말로 놀림을 당하고 석판을 들어 가해 아이의 머리를 내리치는 앤을 보며, 모욕당하고 놀림당했을 때 가만히 있지 않고 말로 분연히 맞서게 되고, 건드리지도 않은 자수정 브로치에 손을 댔다고 혼내고 소풍을 못 가게 한 어른을 용서하는 앤을 보며, 어른도 실수할 수 있고 어른만 용서하는 게 아니라 아이도 용서할 수 있다는 것을 배운다. 사랑하는 사람을 잃고 슬퍼하다가도 남은 사랑하는 사람을 챙기며 일어나는 앤을 보며, 상실은 누구에게나 찾아온다는 것을 알고 우리가 겪는 상실의 무게를 덜어 낸다.

인간의 삶은 크고 멋져 보아도 거기서 거기다. 우리 대부분은 아주 작은 삶을 살아간다. 작은 삶의 축복은 아주 오래 혹은 평생 세상에 알아야 할 것이 여전히 많은 젊은 영혼으로 살아갈 수 있다는 것에 있다. 앤의 마지막 모습은 손자 세대들의 삶을 상상하며 삶의 기쁨을 그들의 몫으로 남기는 모습이었다.

《빨강머리 앤》은 빨강머리의 볼품없는 고아 앤으로 시작해서 앤 공동체로 끝난다. 사람은 아무도 혼자 살 수 없다. 사람과 사람은 연결되어 있다.

고아인 아이가 상상력과 앎의 기쁨으로 자기 몫의 삶을 살면 함께 사는 사람들을 묶어 주는 사람이 된다. 작게는 자신의 혈육과 가족 친지 공동체겠지만, 앤은 수없이 많은 이웃들을 살피고 돌보고 함께한다. 때로는 불편하고 괴팍한 구성원들이 등장하기도 하지만 그 어떤 구성원도 내쳐지지 않는다. 그 어떤 구성원도 정말로 혹독하게 묘사되지 않는다.

앤의 알고 싶어 하는 호기심, 알고 기뻐하는 마음 그리고 미래를 상상하는 힘에 우리를 조금 더 행복하게 만드는 비밀이 숨어 있을지도 모른다.